ESPECTÁCULO DE ESTRELLAS

KATE HARDY

HARLEQUIN™

JUN - - 201

CO

Editado por Harlequin Ibérica.
Una división de HarperCollins Ibérica, S.A.
Núñez de Balboa, 56
28001 Madrid

© 2006 Kate Hardy
© 2015 Harlequin Ibérica, una división de HarperCollins Ibérica, S.A.
Espectáculo de estrellas, n.º 2071 - 11.11.15
Título original: Seeing Stars
Publicada originalmente por Mills & Boon®, Ltd., Londres.

I.S.B.N.: 978-84-687-6638-6
Depósito legal: M-27912-2015
Impresión en CPI (Barcelona)
Fecha impresion para Argentina: 9.5.16
Distribuidor exclusivo para España: LOGISTA
Distribuidor para México: CODIPLYRSA
Distribuidores para Argentina: Interior, DGP, S.A. Alvarado 2118.
Cap. Fed./Buenos Aires y Gran Buenos Aires, VACCARO HNOS.

JUN -.- 2016

Capítulo Uno

Kerry ignoró el timbre de la puerta. Debía ser un vendedor, sus amigos sabían que estaba sumamente ocupada en esa época del año. Diseñaba fuegos artificiales y montaba espectáculos, y el otoño era la temporada de más trabajo, tenía que coordinar montajes para la Noche de las Hogueras y para la Nochevieja.

Estaba durmiendo dos horas menos de lo acostumbrado, pues estaba dedicando mucho tiempo a la realización de su proyecto estrella: unos fuegos artificiales color verde mar, el no va más de la pirotecnia. Por lo tanto, no quería dejar de hacer lo que estaba haciendo para escuchar a alguien hablarle de alguna empresa de telefonía más barata.

El timbre volvió a sonar insistentemente.

También podía ser su amiga Trish, decidida a hacerle dejar el trabajo para ir a una aburrida fiesta por si, de casualidad, conocía al hombre de su vida, un hombre que ella no quería encontrar porque estaba encantada con su estilo de vida.

Guardó el archivo en el ordenador y, con paso firme, fue a abrir.

–¿Qué?

–¡Vaya! Debes de estar con la regla. Sabía que tenía que haberte traído chocolate.

Adam se apoyó en el marco de la puerta, ladeó la

cabeza y le dedicó una deslumbrante sonrisa. Le apareció un hoyuelo en una de las mejillas. Un hoyuelo que podía volver loca a cualquier mujer, incluida a ella, y que iba acompañado de un travieso brillo en los ojos.

–¿Te vale esto? –Adam alzó una botella de un buen *cabernet sauvignon*.

Debería haber adivinado que sería él, pensó Kerry cruzándose de brazos.

–¿Qué es lo que quieres, Adam?

–Un sacacorchos y un par de copas. Y como estamos en tu casa, te dejaré que elijas la música.

–Nadie va a elegir ninguna música. Estoy trabajando.

Adam sacudió la cabeza con otra de esas sonrisas irresistibles.

–Es viernes por la noche, pasadas las nueve. La gente normal no trabaja a estas horas.

El comentario le dolió.

–¿Y qué?

–Trabajas demasiado y necesitas un descanso. Hay que compensar el trabajo con el ocio.

Fue entonces cuando Kerry se dio cuenta de que Adam estaba bromeando.

–Estupendo. Eso lo dice el hombre que trabaja tanto o más que yo.

Adam se echó a reír.

–Sí, pero también me divierto.

Sí, era innegable que se divertía. Adam aprovechaba las vacaciones de invierno para ir a esquiar y las de verano para hacer alpinismo, además de aprovechar cualquier fin de semana que tenía libre para hacer surf en Cornualles.

–Vamos, Kerry. Necesitas un descanso y yo soy la excusa. Y he traído el vino. A propósito, ¿has cenado ya?

A veces, a Kerry le daban ganas de estrangular a su vecino del piso de arriba; sobre todo, a eso de la una de la madrugada, cuando alguna de sus novias gemía: «¡Oh, Adam!». A ella, por supuesto, no le quedaba más remedio que taparse la cabeza con la almohada en esos momentos.

Pero cuando Adam le sonreía como lo estaba haciendo… ¿quién podía resistirse?

–He tomado un sándwich para almorzar –respondió Kerry encogiéndose de hombros.

–¿Un sándwich para almorzar? Eso debe haber sido hace ocho horas por lo menos. Kerry Francis, necesitas comer algo –Adam sacudió la cabeza–. ¿Qué voy a hacer contigo, eh? Vamos, siéntate, te prepararé una tortilla.

–Tu cocina está en el piso de arriba, en tu casa –dijo ella.

–Sí, pero para cuando bajara la tortilla, ya se habría enfriado, así que mucho mejor preparártela aquí. ¿Tienes huevos y un poco de queso?

Kerry alzó las manos para pararle los pies. Adam era un torbellino. Se preguntó cómo podrían aguantarle las enfermeras, aunque trabajando en las urgencias de un hospital, supuso que la rapidez con la que Adam se movía sería una ventaja.

–Adam, no quiero una tortilla. En serio, estoy bien, no tengo hambre.

–Necesitas que alguien te cuide –declaró Adam.

–Sé cuidar de mí misma.

–Hablo en serio, Kerry –Adam le revolvió el cabello–. Vamos, siéntate y ponte cómoda mientras yo abro la botella.

¿Le estaba diciendo que se sentara y se pusiera cómoda en su propia casa? Así era Adam, un mandón a quien le gustaba organizarlo todo.

–Me cuesta creer que no te queden enfermeras a quienes marear –dijo Kerry–. Solo hace un mes que te cambiaste de hospital. ¿Las has agotado ya a todas?

–Muy graciosa –Adam hizo una mueca y se marchó a la cocina.

Ella le siguió y le vio sacar dos copas de un mueble antes de descorchar el vino.

–En serio, Adam. Todos los viernes por la noche tienes alguna chica en casa –y diferente cada semana, aunque todas ellas de piernas largas, cabello largo y rubio y despampanantes.

Sí, era extraño ver a Adam ahí, en su casa, un viernes por la noche. Cierto que ella era rubia, con la melena recogida en un moño, pero nada más. Sus piernas tenían una longitud normal, al igual que su aspecto físico en general. Y no, no era la compañera apropiada para un alto, moreno y guapo dios del sexo como Adam McRae.

–¿Qué ha pasado esta noche?

Adam se encogió de hombros.

–No todos los viernes por la noche salgo. Además, hoy he salido tarde del hospital.

Lo que no significaba nada. Adam podía trabajar todo el día, después ir a una fiesta y estar fresco al día siguiente. Estaba esquivando la pregunta, así que algo debía de pasarle.

A pesar de que Adam la irritaba en ocasiones, le gustaba. Le gustaba desde el día en que ella se mudó al piso de abajo, se quedó encerrada en la casa y él acudió en su ayuda. No solo consiguió abrirle la puerta, sino que también le llevó una taza de café y un paquete de galletas de chocolate. Sí, era un buen vecino.

A lo largo del último año se habían hecho amigos. Se entendían. Adam era médico, trabajaba en urgencias y era un animal social; ella era pirotécnica y prefería manejar productos químicos a socializar. Los dos bromeaban sobre sus diferentes estilos de vida, pero ninguno de los dos trataba de cambiar al otro. Si ella tenía un mal día, iba a casa de Adam y él le preparaba un café y le daba galletas de chocolate. Si el mal día lo tenía él, llamaba a su puerta para charlar un rato con ella.

Como esa noche. ¿Qué le pasaba?

–¿Problemas de mujeres?

–No.

–Entonces ¿qué?

–Nada. ¿Qué tiene de raro que haya venido a ver a mi piromaniaca preferida?

–Que está trabajando.

–Vamos, sé perfectamente que no te cuesta nada diseñar un cohete. Lo haces con los ojos cerrados. Ya sé que quieres diseñar el primer fuego artificial verde mar, pero hay gente que lleva años intentándolo. Kerry, nadie lo va a conseguir de un día para otro y te va a ganar. Necesitas hacer otras cosas, como oler rosas, contemplar las nubes o escuchar a los pájaros –Adam llenó las copas–. Y hablando de otra cosa, ¿me vas a dejar que elija la música?

Kerry lanzó un gruñido.

—Si vas a poner rock antiguo la respuesta es no. Prefiero algo clásico.

—¿Como qué? ¿Como un bolero?

—No digas tonterías —respondió ella con altanería—. Y para que lo sepas, no soporto a Ravel. Lo que sí me gusta es el tercer concierto de piano de Rachmaninov; sobre todo, nueve minutos después del comienzo del quinto movimiento, y también unos cinco minutos más tarde.

—¿Un doble clímax? Perfecto. ¿Dónde tienes el disco?

—Ya te lo dejaré luego. Y sabes perfectamente que no me refería a esa clase de clímax —los hombres solo pensaban en el sexo.

Aunque, pensándolo bien…

No, de ninguna manera, nada de sexo con Adam. Eso sería una completa estupidez.

—Me refería a los fuegos artificiales que me gustan a mí —añadió ella púdicamente antes de tratar de desviar la conversación—. A los fuegos artificiales les va bien la música de Tchaikovsky, de Andel…

—No, no. Mucho mejor rock clásico como Pink Floyd, Led Zeppelin, U2… ¿Te atreverías?

Kerry sacudió la cabeza.

—No estoy de humor esta noche.

—Algún día te contrataré para que montes un espectáculo de fuegos artificiales y elegiré yo la música.

Kerry se echó a reír.

—No tendrías dinero para pagarme.

—Vaya, un desafío —declaró él con un brillo travieso en los ojos.

–No, no lo es. Y deja ya de andarte por las ramas y dime qué te pasa.

–¿Crees que solo vengo a tu casa cuando me pasa algo y quiero hablar con alguien? –preguntó Adam ofendido.

–No, no siempre. Pero…

–Está bien, te lo diré. Mi madre me ha llamado por teléfono esta tarde.

Kerry sabía que, como hijo único que era, a Adam sus padres le adoraban, pero también sabía que a él le molestaba que le agobiaran. ¿Qué tal le sentaría no importarle un comino a sus padres? Debería agradecer lo afortunado que era.

Por supuesto, a ella eso no le producía resentimiento. Solo sentía… un gran vacío cuando pensaba en sus padres. Aunque, desde hacía mucho tiempo, no tenía relación con ellos. Y no le importaba, se valía por sí misma.

–¿Y qué? ¿Te ha pedido que les dediques medio día el año que viene?

Adam hizo una mueca.

–Piensas que soy un egoísta, ¿verdad?

Le había dado un golpe bajo. Y lo había hecho a propósito. Pensar en su familia la enrabietaba y lo había pagado con Adam.

Kerry alargó el brazo, le tomó la mano y le dio un apretón.

–Perdona. Dime, ¿por qué te ha disgustado la llamada de tu madre?

–Se trata de mi padre –Adam respiró hondo–. Kerry, necesito una amiga.

–Por eso estás en mi casa. Vamos, cuéntame.

–Mi padre ha tenido un infarto. No sé realmente cómo está.

–¿Quieres decir que te tienes que ir a Escocia inmediatamente?

–Estábamos faltos de personal, por eso no he podido irme esta tarde. He intentado reservar un vuelo para esta noche, pero no he encontrado ninguno. Me marcho mañana por la mañana –Adam suspiró–. Y no es eso todo. Mi padre… –Adam se interrumpió y sacudió la cabeza–. No, eso es ridículo.

–Vamos, dímelo.

–Sabes que soy hijo único –dijo Adam suspirando. Kerry asintió.

–Para mis padres soy… no sé, supongo que su futuro. Mi padre quiere que me case y le dé nietos.

–Algo tan fácil como que yo consiga unos fuegos artificiales verde mar de aquí a dos minutos –Kerry sacudió la cabeza con cinismo–. Para ti, comprometerte con una chica significa salir con ella dos veces.

–No soy tan superficial, Kerry. Lo que pasa es que no tengo ganas de sentar la cabeza todavía. No he conocido a la persona con la que quiera pasar el resto de mi vida… si es que existe –Adam suspiró–. Pero tampoco puedo esperar, no sé cuánto tiempo le queda de vida a mi padre. Este último año, al parecer, ha tenido bastantes problemas de salud; aunque mi madre no me había dicho nada para que no me preocupara –frustrado, sacudió la cabeza y añadió–: Para que mi madre haya decidido decírmelo, ha debido ver a mi padre bastante mal. Podría morir, Kerry –la angustia se reflejó en su rostro–. Podría morir pensando que soy un insensato y decepcionado conmigo.

–Adam, estoy segura de que no has decepcionado a tus padres –dijo ella–. Eres un buen médico y solo tienes treinta años. Te va muy bien.

–No me refiero a mi vida profesional, sino a la personal. Como te he dicho, mis padres quieren verme casado y con hijos.

Kerry tenía la sensación de que había algo más que no le había dicho, así que esperó a que él continuara.

–Tenían la ilusión de que me casara con Elspeth MacAllister, la hija de los vecinos. Se hacían ilusiones con nuestra boda desde que íbamos en pañales.

Y a Adam le gustaba decidir por sí mismo.

–No me malinterpretes, es una chica estupenda y la respeto.

Lo que significaba que Elspeth MacAllister no era una hermosa rubia de piernas largas, pensó Kerry.

–Pero no es la mujer de mi vida. Además, ella no soportaría vivir en Londres, es feliz en Inverness, rodeada de gente que la conoce de toda la vida –Adam respiró hondo–. Pero eso no es lo que yo quiero, no soportaría vivir en un sitio en el que todo el mundo sabe de tu vida. Por supuesto, podría trabajar en Edimburgo, pero me gusta mi trabajo aquí. Me encanta Londres.

Se interrumpió un momento antes de continuar:

–Llevo todo el día pensando en ello. Mi padre necesita descansar, pero no lo hace. Hace tiempo traté de convencerle de que trabajara a tiempo parcial, que trabajara solo cuatro días a la semana en vez de cinco, pero no sirvió de nada. Mi madre también se lo ha dicho, pero se niega. Así que… se me ha ocurrido proponerle un trato: si él trabaja menos, yo, a cambio, sentaré la cabeza.

–¿Qué quieres decir con eso de «sentar la cabeza»? –preguntó Kerry.

–Me echaré novia –respondió Adam.

–¡No puedes echarte novia solo por complacer a alguien! –protestó ella–. Adam, eso es una locura. Y lo dices tú, que nunca sales con la misma chica dos veces seguidas.

–No estoy hablando de echarme novia de verdad –dijo Adam–. No tengo intención de casarme. Pero tengo que hacer algo para obligar a mi padre a que trabaje menos, es fundamental que lo haga. Y no se me ocurre otra cosa.

–Un falso noviazgo, ¿eh?

–Un chantaje –explicó Adam–. Una locura, sí, pero un último recurso. Quizá salga bien. Ahora, lo que necesito es una novia.

–¿No te puedes inventar una?

Adam sacudió la cabeza.

–Se me da fatal mentir. Además, mis padres querrán conocerla.

Kerry se quedó pensativa un momento.

–Bueno, no creo que te sea difícil encontrar una voluntaria.

–¿Qué quieres decir? –preguntó él frunciendo el ceño.

–Adam, sales con cientos de mujeres.

–De cientos nada –protestó sacudiendo la cabeza.

–En cualquier caso, muchas. Tu agenda debe de estar llena.

Adam se encogió de hombros.

–Pero ninguna de las chicas que conozco me valdrían, acabarían tomándose en serio el noviazgo.

–¿Por qué no pones un anuncio? –sugirió ella.

–No, no quiero a una desconocida. Entre otras cosas, es necesario que mis padres crean que estoy realmente enamorado de ella y ella de mí –respiró profundamente–. De hecho, conozco a alguien que sí me valdría. Una amiga.

–¿Por qué no hablas con ella?

–Puede que me diga que no.

Kerry se encogió de hombros.

–No te podrá decir nada si no se lo preguntas. Y si se lo explicas bien, puede que decida ayudarte.

–Tienes razón –el hoyuelo volvió a aparecerle en la mejilla–. Está bien, lo haré. Kerry Francis, ¿te importaría ser mi novia durante un tiempo?

–¿Te has vuelto loco?

–Por supuesto que no –Kerry y él eran buenos amigos. Se sentía más a gusto con ella que con ninguna otra persona. Le tenía cariño y sabía que ella también a él–. Eres la persona más adecuada para ello.

–¿Cómo es eso posible? Tú solo sales con rubias de piernas kilométricas.

Adam se echó a reír.

–Tú también eres rubia –entonces, paseó la mirada por las piernas de Kerry, enfundadas en unos vaqueros–. Y a menos que mi profesor de anatomía me engañara, tú también tienes piernas.

Y debían ser bastante bonitas, a pesar de que nunca la había visto con una falda.

–Lo repito, estás loco. No puedo hacerme pasar por tu novia.

Le sobrevino una desagradable idea. Kerry no solía salir con hombres y él había supuesto que era porque estaba completamente dedicada a su profesión. Pero quizá...

–¿Estás casada? –preguntó él con cautela. No creía que fuera así; pero, si estaba casada...

–No. No creo en el matrimonio.

–Kerry, perdona por haberte preguntado eso. Pero... somos amigos, ¿no es así? Buenos amigos.

–Sí –admitió ella.

–Me caes muy bien. Y ya te he explicado que necesito una novia con el fin de que mi padre se cuide más

Adam se pasó una mano por el cabello. A juzgar por la expresión de Kerry, se dio cuenta de que no lo estaba haciendo nada bien. Kerry nunca hablaba de su familia, lo que le hacía pensar que había sufrido; no obstante, ella no era una persona dada a hablar de sí misma y de sus sentimientos, por lo que nunca le había preguntado por su pasado.

–Escucha, siento si te he molestado en algo. Pero necesito tu ayuda, no se me ocurre otra persona a quien pedirle este favor. Ya sabes que no quiero casarme y yo sé que tú tampoco. Ninguno de los dos está buscando pareja, una persona con la que compartir nuestras vidas. Sabemos que esas cosas son un mito.

Kerry no dijo nada, se limitó a echar un trago de vino.

–Eres la única persona a quien le he contado esto –añadió Adam.

–¿Por qué?

–Porque... supongo que porque confío en ti –Adam se encogió de hombros–. Tú y yo somos muy pareci-

Por supuesto –confirmó Adam. Y, de repente, se
urrió qué favor podía hacerle él a Kerry–. A cam-
e pintaré el piso.
¿Qué? –preguntó ella, parpadeando.
Cuando viniste a vivir aquí me dijiste que querías
r, pero todavía no lo has hecho. Así que lo haré
.

erry sacudió la cabeza.
No, tienes demasiado trabajo como para pintarme
sa.
Pintar paredes es una buena terapia para relajarme
ués de un dura jornada en el hospital Y antes de
o preguntes, sí, sé pintar. Me pasé un verano tra-
do con el maestro de obras en el pueblo.
Vas a pintarme el piso –respondió ella pronun-
o despacio las palabras.
í. Tú me ayudas a mí y yo a ti, como amigos.
uier tarde de la semana que viene iremos a com-
pintura que quieras y yo me encargaré del resto.
dam, en serio, no tienes por qué hacerlo. Te voy
ar de todos modos.
pero yo también quiero hacer algo por ti.

dos, no tenemos dobleces, no fingimos. Kerry, necesito ayuda y tú eres la única persona que puede ayudarme. Mi padre es imposible, así que probablemente no
acepte el trato. Lo más seguro es que, al final, no tengas que hacer nada.

–Pero ¿y si acepta? –preguntó ella.

–En ese caso, necesitaré una novia. Si me sacara
una novia de la manga, se darían cuenta de que es una
estratagema. Pero han oído hablar de ti.

Kerry frunció el ceño.

–¿Cómo es eso?

–Bueno, ya sabes que siempre están encima de mí y
quieren saber lo que hago en cada momento –Adam
hizo una mueca–. Así son las cosas en Inverness, por
eso me vine a Londres, para vivir mi vida y no tener
que rendir cuentas a nadie. Pero eso no significa que
no les quiera, Kerry. Les envío correos electrónicos y
les llamo por teléfono un par de veces a la semana. Y
mi madre… bueno, a mi madre se le da muy bien son-
sacarme. Así que le hablé de ti cuando viniste a vivir
aquí. Sabe que nos hemos hecho amigos, que haces un
estupendo chile con carne, que prefieres el vino tinto al
blanco y que te gusta la música clásica.

Kerry arqueó las cejas.

–¿Y eso es lo que me hace la mejor candidata para
ser novia tuya?

–Es más plausible. Nos conocemos desde hace un
tiempo, nos llevamos bien y se podría decir que acaba-
mos de descubrir que nos gustamos.

Kerry no pareció del todo convencida.

No le extrañaba. Ni siquiera se habían besado una
sola vez. Por supuesto, se habían dado algún abrazo

que otro y él le había dado un masaje en los hombros en varias ocasiones, pero lo había hecho como amigo, no como amante. Cuando estaba con Kerry no se le ocurría abalanzarse sobre ella y comérsela a besos. Kerry era Kerry, su vecina y amiga.

Estar con Kerry no era como estar con una de las mujeres con las que salía. Era distinto, no estaba con nadie como con ella. En cualquier caso, no quería analizar en profundidad lo que sentía en compañía de Kerry. Se había encendido una luz de alarma en su cerebro.

Adam suspiró y se recostó en el respaldo del sofá.

–Bien, voy a exponer la situación de otro modo. Alguien que no esperabas que sentara nunca la cabeza te dice que está prometido y se va a casar, ¿te resultaría más fácil creerle si dice que ha sido un flechazo y que hace tres días que conoce a la chica en cuestión o si te dice que, por fin, se ha dado cuenta de que está enamorado de una mujer que conoce ya desde hace bastante tiempo y que quiere compartir la vida con ella?

Kerry guardó silencio durante un tiempo que a él se le hizo eterno. Por fin, clavó esos ojos verdes en los suyos.

–Está bien, tienes razón, es más plausible si se trata de una persona a la que conoce desde hace tiempo.

–En ese caso, ¿me vas a ayudar? Te lo pido por favor.

Kerry volvió a llevarse la copa a los labios.

–¿Y qué tendría que hacer exactamente? ¿Presentarme delante de tus padres y mentir descaradamente? –sugirió ella con acritud.

–Quizá baste con hablar con ellos por teléfono y decirles lo que te parezco.

–¿Que eres superficial? –pero Kerry sonreír.

Estaba bromeando, pensó él. Y le dev

–Si eso es lo que quieres decir, adela

–No me gusta esto, Adam –dijo ella No me gusta mentir.

–Ni a mí.

–No creo que pueda hacerlo –dijo K do la cabeza–. Además, ¿cómo me va ellos? Te puedo imaginar diciendo: Kerry, la que se pasa el día jugando c Les voy a encantar.

Adam no entendía por qué a Kerry que sus padres pensaran de su trabajo casi seguro de que le había dicho a su diseñaba fuegos artificiales.

–¿Te había dicho que mi madre e

–¿Y eso qué importancia tiene ladeando la cabeza.

–Los pigmentos, los colores… del arte. Tenéis cosas en común. N acuarelas, óleos y pasteles, tú con tos químicos, pero en persecució

–No voy a ser tu novia, Ada tus padres.

–Kerry, te lo suplico. Sé mi

Kerry dejó la copa en la me ta tocarse con ellas la barbilla

–Este asunto es una espec

–Sí, si quieres verlo así –

–Y solo de cara a la gale se cuide.

Capítulo Dos

Adam terminó de repasar el informe médico de su padre y, desde los pies de la cama, le miró.

–Deberías haberme dicho que tenías problemas de corazón, papá –dijo Adam.

–No quería que te preocuparas, hijo –respondió Donald.

Exasperado, Adam sacudió la cabeza.

–Pues ahora sí lo estoy, papá. Tienes que cuidarte, es importante –hizo una pausa–. Creo que deberías jubilarte.

–No me vengas con eso otra vez –dijo Donald irritado.

–Papá, por favor –insistió Adam–. Estás sometido a mucho estrés. Ya llevas mucho tiempo diciendo que, como director del colegio, te pasas la mayor parte del tiempo en reuniones y discutiendo sobre presupuestos. Ya no te gusta ese trabajo. Y si sigues así, no vas a poder disfrutar con mamá tu tiempo de jubilación porque no vas a llegar a ella.

Donald lanzó un bufido.

–Estás exagerando.

–No, de eso nada. Papá, estás sometido a mucho estrés y es fatal para ti. Piénsalo bien. Si continúas así puede que no llegues a cumplir más años y mucho menos a jubilarte. Pero si te jubilas ahora y haces más

19

ejercicio y te tomas en serio la medicación, no te pasará nada.

Donald hizo un gesto de no darle importancia con la mano.

—Es solo un bajón, hijo.

—¿Un bajón? —Adam se quedó mirando a su padre con incredulidad—. Papá, tienes una angina de pecho. Es una cosa muy seria. Y, aunque no se lo hayas dicho a mamá, no has seguido el tratamiento con disciplina. Es fácil olvidar tomar las pastillas algún día; después, se olvida tomarlas durante una semana. El resultado es un infarto. Por eso es por lo que estás en el hospital en estos momentos.

—Ha sido solo un pequeño infarto —protestó Donald.

—¿Solo? Papá, si sigues así no vas a tardar mucho en que te dé otro. Mayor. Y puede que no lleguen a tiempo de salvarte —Adam movió la cabeza de un lado a otro y suspiró—. Me gustaría que te tomaras en serio lo que te digo.

—Lo hago, hijo.

Adam se puso a pasear por la habitación del hospital.

—Si sigues así, vas a obligarme a que redacte yo mismo una carta presentando tu dimisión y a que falsifique tu firma —amenazó Adam.

—No dramatices.

—No dramatizo, lo que pasa es que quiero que te repongas. Quiero que conozcas a tus nietos y quiero que ellos te quieran tanto como yo. Quiero que tus nietos hablen del abuelo que les lee cuentos, el abuelo que les enseña los nombres de los pájaros…

—¿Nietos? —Donald lanzó un bufido—. Por la vida

que llevas, eso no pasará nunca. Cada semana tienes una novia distinta.

Adam dejó de pasearse y volvió a mirar a su padre. Había llegado el momento de poner en marcha su plan. Esperaba que saliera bien.

—Te voy a proponer un trato, papá. Si tú accedes a jubilarte y a cuidarte, yo me casaré.

Moira McRae, que acababa de entrar en la habitación con dos cafés, oyó la última frase de su hijo y se echó a reír.

—Vamos, Adam. ¿Cómo se te ocurre proponer un trato que sabes que no podrás cumplir?

—Lo cumpliré si él también cumple con su parte.

Como había esperado, su padre se incorporó ligeramente en la cama.

—Está bien, acepto el trato —dijo Donald.

Adam miró a su madre.

—Mamá, eres testigo. Papá ha accedido a jubilarse y a seguir las instrucciones de los médicos a cambio de que yo siente la cabeza. Y un trato es un trato.

Moira alzó los ojos al techo.

—Como ya he dicho, ninguno de los dos lo vais a cumplir, así que no sirve de nada.

—Ya verás como sí. Voy a redactar la carta de dimisión de papá esta misma noche, cuando volvamos a casa —declaró Adam.

—¡Ni hablar! —Donald le señaló con un dedo—. También tienes tú que cumplir con tu parte del trato. Y ahora, no cuando tengas mi edad. No voy a presentar mi dimisión hasta que tú no sientes la cabeza.

Adam examinó las máquinas a las que estaba conectado su padre. Su padre, que debería estar descansando y no excitarse en lo más mínimo. Enterarse de que su hijo estaba prometido podría ocasionarle otro infarto.

No lo había pensado bien. Se había precipitado. Había sido un idiota.

–¿Lo ves? –dijo Donald en tono triunfal–. Ojalá pudieras verte la cara. Sabes que no puedes hacerlo. Así que no hay trato, no voy a jubilarme.

–Todo lo contrario –dijo Adam–. Lo que pasa es que tengo miedo de que, si te digo lo que te tengo que decir, te vuelva a dar otro infarto.

–¿Qué es lo que nos tienes que decir? –preguntó Moira.

Adam decidió arriesgarse.

–Que… que estoy prometido.

Se hizo un profundo silencio.

–¿Con quién? –preguntó Moira sin acabar de creer lo que su hijo había dicho.

–Con Kerry. La vecina que vive en el piso de abajo.

–¿Kerry? –repitió Moira parpadeando.

Adam asintió.

–¿No es un poco… precipitado? –preguntó Donald.

Adam había anticipado que le dijeran eso.

–No. Nos conocemos desde hace algo más de un año.

–No nos habías dicho que estuvierais saliendo juntos –dijo Moira en tono acusatorio.

–Hemos salido juntos desde que se vino a vivir a la casa, pero como amigos. Lo que pasa es que, últimamente, me he dado cuenta de que había algo más que amistad entre los dos. Es la mujer ideal para mí.

–Seguro que es igual que esas enfermeras rubias y

despampanantes con las que sales –declaró Donald de mal humor.

–No. Es verdad que tiene el pelo rubio, pero lo lleva recogido siempre. Y sabéis perfectamente que no es enfermera, se dedica a la pirotecnia. Diseña fuegos artificiales –Adam frunció el ceño–. Y de superficial no tiene nada, papá.

–Así que es… ¿un poco seria? –preguntó Moira–. ¿Demasiado seria?

–A veces. Está muy entregada a su trabajo –admitió Adam.

–¿Quieres decir que has elegido a una chica seria y tranquila en vez de a una de esas que se pasa la vida de fiesta en fiesta? –quiso saber Moira.

Adam hizo una mueca.

–Mamá, ¿tan mala opinión tienes de mí?

–No, hijo, no. Pero te conozco. Un hombre al que le encanta la ciudad y la diversión… en fin, no entiendo que quiera sentar la cabeza con una mujer que no es así.

–Mamá, Kerry vive en Londres. Le gusta la ciudad.

–¿Es guapa? –preguntó Donald.

Adam sonrió.

–Sí –con sorpresa, se dio cuenta de que había sido sincero. Nunca había pensado en ello, pero Kerry era guapa. Tenía ojos verdes y brillantes; cuando se relajaba y se reía, su sonrisa iluminaba la estancia.

–¿Tienes una foto de ella? –le preguntó Moira.

–Sí, claro. Pero no puedo enseñárosla en este momento.

–¿Por qué no? –preguntó Donald con gesto de sospecha.

–Porque la tengo en el móvil y en el hospital está prohibido el uso de los móviles –respondió Adam–. Interfieren con la maquinaria del hospital. Y, teniendo en cuenta todas las máquinas a las que estás conectado, papá, no voy a correr ese riesgo.

Tanto su padre como su madre le miraron con incredulidad.

Adam suspiró.

–Está bien. Mamá, sal conmigo al pasillo y te enseñaré su foto.

–¿Y yo? –preguntó Donald enfadado.

–Tú te quedas donde estás –le informó Moira–. Ya te lo contaré.

Tan pronto como estuvieron fuera del alcance del oído de Donald, Moira le preguntó a su hijo:

–¿Esto del noviazgo es de verdad o lo dices para hacer que tu padre se jubile?

Su madre era muy lista. Kerry tenía razón, había sido una idea muy tonta.

–Es de verdad –mintió él.

–Mmm –murmuró su madre.

–Es cierto que quiero que papá se jubile, es lo mejor que puede hacer. Pero también es cierto que Kerry y yo estamos prometidos.

Adam buscó en las fotos del móvil y eligió una que le había sacado a Kerry la noche anterior, después de que ella aceptara el trato.

–Esta es mi prometida –declaró Adam.

–Jamás creí que llegara a oírte decir eso; tampoco tu padre, por supuesto –Moira se quedó mirando la pantalla del móvil–. No esperaba que fuera así. Parece una chica normal.

24

Adam sonrió.

–Es una chica normal.

Moira frunció el ceño.

–No se parece en nada a las otras chicas con las que has salido. No está embadurnada de maquillaje y, aunque es rubia, es rubia natural, no teñida.

–¿Te parece guapa?

–Sí, pero también muy natural –Moira sacudió la cabeza–. No, no vas a engañarme, Adam McRae. Puede que esta chica sea tu vecina, pero no estáis prometidos.

–Mamá, en serio, es mi novia. Si no me crees, la llamaré por teléfono. Así podrás hablar con ella. Aunque… hoy tiene una reunión de trabajo, así que, si no contesta, le dejaré un mensaje en el móvil.

Adam llamó a Kerry inmediatamente. Y sintió un gran alivio cuando ella le respondió.

–Hola, cielo, soy yo. Te llamo desde el hospital donde está mi padre, en Edimburgo.

¿Cielo? ¿Desde cuándo Adam la llamaba cielo?

Con incredulidad, Kerry parpadeó… hasta que cayó en la cuenta. Adam debía estar con sus padres, lo que significaba que estos habían caído en la trampa y se suponía que ella era su prometida.

–Hola, Adam. ¿Qué tal todo?

–Mejor de lo que esperaba. Pero a mi madre casi le ha dado un infarto cuando le he contado lo nuestro.

–¿Así que tu padre ha accedido a tomarse la vida con más calma si estamos prometidos?

–Sí. Les he dicho que teníamos pensado venir a

verles los dos más avanzado el mes y que no has podido venir ahora conmigo porque tenías una reunión de trabajo el fin de semana.

Estaba claro que los padres de Adam estaban con él. Adam trataba de explicarle la situación sin traicionarse.

—Estamos en el pasillo mi madre y yo. No se puede utilizar el móvil en la habitación, por las máquinas —le explicó él.

Era evidente que la madre no se había creído el cuento de su noviazgo, por eso la había llamado, para que ella lo confirmara.

—¿Y tu madre quiere hablar conmigo? —preguntó Kerry.

—Sí.

—Adam, ¿qué puedo decirle?

—Lo que quieras.

—Menuda ayuda.

—Bueno, cielo, tienes toda la razón. Y ahora, te voy a pasar con mi madre.

Iba a tener que andarse con mucho cuidado.

—Hola, señora McRae.

—Me llamo Moira y tutéame, por favor. Tú eres Kerry, ¿verdad?

—Sí. Adam me ha dicho que tu marido está mejor. No sabes cuánto me alegro.

—Gracias, hija —Moira hizo una pausa—. Así que… te vas a casar con mi hijo.

—Bueno, sí, pero aún no hemos fijado la fecha de la boda — una boda que jamás se celebrará.

—Ah, ya.

Moira McRae no parecía convencida en absoluto.

Kerry suspiró para sí. Supuso que debería esforzarse un poco más.

—Os conocéis ya desde hace un tiempo, según me ha dicho Adam —dijo Moira.

—Sí, así es —Kerry rio quedamente—. Nos conocemos desde que fui a vivir a la casa donde él vive, al piso de abajo, y Adam tuvo que romper el cerrojo para sacarme, porque me había quedado encerrada.

—¿En serio?

—Sí. Y también me preparó el mejor café con leche que he tomado en mi vida. Y luego me dio galletas de chocolate para calmarme y, a continuación, me ayudó a hacer la mudanza.

—Ya. Y… ¿cuándo te enamoraste de él?

—Me cayó bien desde el primer momento, pero enamorarme… Bueno, no fue algo inmediato. Adam va siempre a mil por hora y yo voy mucho más despacio. Pero según nos fuimos conociendo mejor, me di cuenta de que lo que le pasa es que le asusta ser una persona convencional y querer sentar la cabeza.

—Parece que conoces bien a mi hijo —comentó Moira con ironía.

—Sí, así es. Es muy buena persona y le tengo un gran respeto —hasta el momento, todo lo que había dicho era verdad. Pero también sabía que no era lo que Moira quería oír. Moira quería saber si ella estaba enamorada de Adam. Por eso, no le quedaba más remedio que representar bien su papel—. Al principio, para mí era un amigo, un buen amigo. Pero un día fuimos a una fiesta, nos pusimos a bailar y, de repente, me di cuenta de que había algo más entre los dos. Adam me besó y fue algo increíble.

Kerry tuvo la desagradable sensación de que no todo lo que había dicho era inventado. Si Adam la besaba alguna vez, sería increíble.

–Y decidisteis casaros.

–Bueno, ya sabes cómo es Adam –dijo Kerry–. Es un torbellino. Y una vez que uno se da cuenta de que quiere pasar el resto de la vida con otra persona, es natural que quiera empezar cuanto antes.

–Sí, te comprendo. A mí me pasó lo mismo con Donald. Le conocía desde hacía un tiempo y, de repente, un día, le miré, me di cuenta de quién era realmente y supe que me iba a casar con él.

Kerry estaba casi segura de que Moira tenía lágrimas en los ojos. En ese momento, se odió a sí misma. ¿Cómo podía mentir a esa pobre mujer? Sobre todo, en esas circunstancias, ahora que su marido estaba en la cama de un hospital.

–Bienvenida a nuestra familia, hija.

¿Familia? No, de ninguna manera. Aquello estaba escapando a su control rápidamente.

–Gracias –respondió Kerry.

–Adam nos ha dicho que tenías cosas que hacer hoy, pero espero que vengas pronto para que te conozcamos.

–Lo mismo digo –respondió Kerry.

–Bueno, te paso a Adam.

–Gracias.

–Kerry, hola. Ahora vamos a volver otra vez con mi padre. Te llamaré esta noche, cielo.

–Pon cualquier pretexto y sal de la habitación para leer el mensaje que voy a enviarte ahora mismo al móvil con lo que le he dicho a tu madre –dijo Kerry.

–Está bien. Te quiero –dijo él en tono avergonzado.

–Adiós.

Tras la despedida, Kerry le envió un resumen de su conversación con Moira. Adam le contestó rápidamente dándole las gracias.

–Parece una buena chica –dijo Moira cuando su hijo volvió a entrar en la habitación–. Y te conoce muy bien.

–Ya te lo había dicho –respondió Adam.

–Bueno, ¿cuándo vas a traerla para que la conozcamos? –preguntó Donald.

–Pronto, espero. El problema es que en esta época del año es cuando tiene más trabajo. Ya os lo podéis imaginar, con la Noche de las Hogueras, la Nochevieja y ese tipo de cosas. En fin, ya veremos qué podemos hacer.

Adam deseaba con todo su corazón haber hecho lo suficiente para que sus padres se dieran por contentos.

–Por la foto que me has enseñado parece una chica bastante guapa –dijo Moira–. Pero es muy distinta a las otras con las que salías. Además, no parece muy dada a las fiestas.

–También le gustan, no creas –dijo Adam cruzando los dedos disimuladamente.

¿Le gustaban a Kerry las fiestas? No lo sabía. Kerry no hablaba de ese tipo de cosas con él.

–Me ha dicho que se dio cuenta de que se había enamorado de ti en una fiesta, mientras bailabais juntos.

–Sí. Me pilló totalmente por sorpresa.

–Y a nosotros –dijo Moira.

Adam miró a sus padres y vio una expresión en sus rostros que le sorprendió. Se les veía… aliviados. Era como si pensaran que, por fin, había visto la luz y había decidido sentar cabeza, que ya no tenían por qué preocuparse por él.

Cielos. No había imaginado el rumbo que estaban tomando los acontecimientos. En realidad, había supuesto que no le creerían. Pero ahora… sus padres parecían muy contentos. Felices.

–Yo tenía la esperanza de que te enamoraras de Elspeth –dijo Donald–. Es una chica excelente.

–Pero no es la chica para ti –dijo Moira mirando a su hijo–. Elspeth no podría acostumbrarse a vivir en Londres. Sin embargo, como has dicho antes, a Kerry sí debe gustarle; de lo contrario, no viviría allí.

–Ni trabajar en lo que trabaja –añadió Donald.

–Bueno, por fin vas a casarte –Moira sonrió–. Reconozco que, al principio, no me lo creía. Pero ahora que he hablado con ella… Kerry parece conocerte muy bien. Te quiere tal y como eres. Y eso es lo que quiero para ti, hijo, alguien que no intente cambiarte ni te haga sufrir.

–Qué alegría, por fin vamos a tener una hija –dijo Donald con los ojos fijos en su mujer y sonriendo.

Adam se dio cuenta de que se había equivocado respecto a sus padres. No solo estaban contentos, estaban extasiados. Les había dado lo que realmente querían: una nuera, una esperanza de futuro.

–No te olvides de los nietos –añadió Moira–. ¿Habéis pensado ya en eso?

«¡No, no, no, no!».

–Mamá, todavía no nos hemos casado –se apresuró a señalar Adam.

–Ya habrá tiempo de eso –dijo Donald sonriente–. Los hijos vendrán cuando tengan que venir.

¡Vaya! Su padre debía estar contando ya los nietos que iba a tener.

–Estamos deseando conocer a Kerry –dijo Moira–. Tráela tan pronto como puedas.

Adam sonrió y asintió, aunque estaba hecho un manojo de nervios por dentro. Al parecer, ese falso noviazgo se estaba transformando en algo real. En fin, sería solo temporalmente, hasta que sus padres se hicieran a la idea de que quizá no estaba aún dispuesto a sentar la cabeza. Les quitaría la idea de la cabeza poco a poco y no les anunciaría la ruptura definitiva hasta que su padre se hubiera jubilado y llevara ya una vida más tranquila.

Capítulo Tres

El lunes por la noche Kerry abrió la puerta y se encontró con lo que le pareció una floristería.

–Hola –dijo Adam con una sonrisa que asomaba por encima del ramo de flores–. ¿Puedo entrar?

–Sí, claro –¿por qué llevaba todas esas flores?

Como si le hubiera leído el pensamiento, Adam le plantó las flores en los brazos y dijo:

–Para ti.

–¿Para mí?

–¿No te parece normal que un hombre le compre flores a su prometida? No olvides que, desde el sábado por la mañana, eres mi prometida.

Aunque no tenía ninguna gracia, Kerry logró sonreír.

–Gracias. Son muy bonitas.

¿Qué demonios iba a hacer con todas esas flores?

No debía haber disimulado el pánico que sentía cuando Adam le revolvió el cabello.

–¿Cuánto tiempo hace que no te regalan flores, Kerry?

–No tengo ni idea –contestó ella encogiéndose de hombros.

–Bien, estas flores son una muestra de agradecimiento por todo lo que has hecho por mí. Mi padre va a salir del hospital este fin de semana y ha accedido a jubilarse. En gran medida, es gracias a ti –Adam indicó las flores con un gesto de la cabeza–. Por cierto, necesitan agua.

¿Y dónde iba a ponerlas? No estaba segura de tener un florero en la casa. Al final, las puso en el vaso más grande que vio. Eran bonitas y olían de maravilla.

–La próxima vez traeré un florero también –dijo Adam.

¿La próxima vez? ¿Iba a regalarle flores otra vez? Aquello empezaba a parecer una relación de verdad.

Pero no lo era, se dijo a sí misma. Adam era su amigo, no su novio. Además, ella estaba mejor sola y sin compromiso, ¿no? Lo sabía desde la adolescencia y nada había cambiado.

–¿Te apetece un café?

–Menos mal, creía que no ibas a ofrecérmelo. Lo haré yo.

Kerry no protestó, Adam hacía un café estupendo.

–Tengo pasta.

–¡Menuda novia me he echado! –exclamó Adam con una sonrisa.

–Novia de mentira –le recordó ella mientras rebuscaba en los armarios de la cocina en busca de las pastas.

–Has convencido a mis padres y eso es lo principal.

Adam terminó de preparar el café, lo sirvió en dos tazas y le dio una.

–Salud. Venga, vamos a sentarnos.

Adam la siguió hasta el cuarto de estar y se sentó a su lado en el sofá. Les separaban solo unos centímetros, pero le resultó extraña la sensación de proximidad y lejanía a la vez.

Tendía que controlarse. Adam y ella no tenían una relación amorosa. Las mujeres con las que Adam salía tenían aspecto de supermodelos y solo le duraban un par de días. Por el contrario, ella solo salía con amigos; cuando salía con algún hombre, tampoco lo hacía más de dos veces. Pero le gustaba que Adam fuera parte de su vida, tener relaciones con él sería la forma más segura de conseguir que se distanciaran.

–¿Vas a volver a Escocia la semana que viene, cuando tu padre salga del hospital?

–No. Como pronto iré el lunes por la mañana. Y tú… ¿estarás trabajando?

–Sí –podía arreglarlo, pero no estaba preparada todavía para conocer a los padres de Adam; sobre todo, teniendo en cuenta que su padre acabaría de salir del hospital.

–No importa.

¿Qué haría una novia de verdad en semejantes circunstancias?

–Le enviaré a tu padre una tarjeta y un regalo deseándole lo mejor, ¿te parece?

–Estoy seguro de que a mi padre le encantará –respondió Adam.

–¿Qué le gusta leer a tu padre?

–No sé, cualquier cosa. Un poco de todo.

–Preguntaré en la librería de al lado a ver qué me recomienda.

–No tienes que regalarle nada. Pero, de todos modos, gracias –Adam le sonrió–. Por cierto, ¿fuiste a por muestras de colores el fin de semana?

–¿Muestras de colores? –repitió ella sin comprender.

–El jueves vamos a comprar la pintura y el viernes voy a pintar, así que necesitas elegir el color de las paredes. Supongo que querrás dejar los techos blancos, ¿no?

–¿Que vas a pintar el viernes? –Kerry se lo quedó mirando. ¿Cuándo habían quedado en pintar el viernes? Adam le había dicho que iba a pintarle el piso, pero no le había dicho cuándo–. Lo siento, no puedo. Tengo una reunión con un cliente.

Adam se encogió de hombros.

–Tengo una llave de tu casa. Empezaré solo y luego, cuando estés libre y si quieres, podrás ayudarme.

–¿Estás seguro de que quieres hacer eso? –preguntó ella con el ceño fruncido–. En serio, no es necesario.

–Me gusta pintar –le aseguró Adam–. Aunque voy a tener un pequeño problema.

–¿Qué problema?

–La música –contestó Adam–. No puedo pintar al son de Vivaldi ni al de esa música que tienes puesta.

–Locatelli.

Adam alzó los ojos al techo.

–¿Lo haces a propósito, eso de oír música de la que nadie ha oído hablar siquiera?

Kerry se echó a reír.

–No. Cuando estaba en la universidad, una de las chicas que vivía en el edificio donde yo vivía estaba estudiando música –su mejor amiga, Trish, pero ella y Adam no se soportaban, por lo que, cuando estaba con uno de ellos, evitaba mencionar al otro–. Me prestó unos discos de este tipo de música y descubrí que me gustaba.

Adam se la quedó mirando y, al parecer, lo comprendió.

–No, por favor, no me digas que estás hablando de Trish Henderson.

Lo mismo le ocurría a Trish con Adam, pensó Kerry al tiempo que se llenaba de aire los pulmones.

–Sí, así es. Y es mi mejor amiga, así que no digas nada de lo que puedas arrepentirte –le advirtió ella.

–Ella era tu vecina por aquel tiempo. Tu vecino, ahora, soy yo. En ese caso, ¿por qué no me dejas que te enseñe lo maravillosa que puede ser la música rock? –le preguntó Adam.

–Porque lo que me gusta es esto y no lo la música que pones tú.

–¿Te pones del lado de ella?

–No, claro que no –Kerry se cruzó de brazos–. Adam, sé que os caéis fatal y no entiendo por qué.

Adam frunció el ceño.

–Porque es una diva.

–No es una diva, es violinista. Y muy buena. Y es una de las personas menos presuntuosas que conozco.

Adam lanzó un bufido.

–¿Trataste de ligar con ella y te rechazó?

–No, ni se me ha pasado por la cabeza. Y aunque no estuviera casada, no es mi tipo –declaró él con altanería.

Quizá porque Trish prefería los vestidos de falda larga y los fulares a los zapatos de tacón alto y las minifaldas, pensó Kerry. Y porque no era rubia, sino morena. Además, era la única mujer en el mundo inmune a los encantos de Adam McRae.

–No sabes lo que te pierdes –dijo Adam.

¿Se estaba refiriendo a la música o a…?

¡Vaya, tenía que dejar de pensar en esas cosas!

–Prefiero la música clásica –apostilló ella.

–Algún día conseguiré que cambies de opinión.

–Mmm –murmuró Kerry.

Kerry recogió muestras de pintura al día siguiente y el jueves fue con Adam a la droguería más próxima a su casa.

–Me alegro de que hayas elegido algo más atrevido que el color garbanzo –dijo Adam–. Aunque el amarillo tampoco me gusta.

–Es un color bonito –protestó ella–. Es luminoso y alegre.

–Pero has elegido un amarillo muy pálido –observó él.

–No quiero nada llamativo.

–¿Se te ha ocurrido alguna vez pintar un mural de fuegos artificiales en alguna pared de tu casa?

Kerry lo miró horrorizada.

–Por favor.

Adam se echó a reír.

–Está bien, amarillo en el cuarto de estar, la cocina y el baño. Un verde claro en tu dormitorio. No está mal, lo reconozco –Adam agarró el bote de pintura verde–. Casi me dan ganas de pintar mi habitación con este color.

–¿Cómo es tu habitación? ¿Parecida a la que Doris Day le pone a Rock Hudson en la película *Confidencias a medianoche*? –dijo ella con desdén.

–Nunca has entrado en mi habitación –declaró Adam–. Y, además, no salgo con tantas mujeres como crees.

–¿No tantas como Casanova? –le espetó ella.

Con gesto dramático, Adam se llevó una mano al pecho.

–Ya no, estoy prometido –dijo él.

Kerry hizo una mueca.

Adam metió más artículos en el carrito de la compra: soda cáustica, un cepillo, papel de lija, varias brochas, unos rodillos y sábanas de plástico para proteger mobiliario y suelos.

–Bueno, creo que ya lo tenemos todo.

Después de la compra fueron a cenar a un restaurante indio. Parecía casi... una cita.

Pero no era una cita. Eran amigos. Adam no iba a tomarle de la mano ni la iba a besar; no la iba a rodear con los brazos ni la iba a llevar a la cama ni le iba a hacer el amor hasta volverla loca de placer.

¿Y por qué se sentía decepcionada?

A última hora de la mañana del viernes, cuando Kerry volvió a su casa después de la reunión de trabajo que había tenido, lo primero que notó fue el ruido de la música de rock. Adam había cubierto el mobiliario del cuarto de estar con sábanas de plástico, incluido el ordenador y el mueble archivador, y estaba encima de una escalera pintando el techo.

La escalera debía ser de él, porque ella no tenía, o se la habría pedido prestada a algún vecino.

–Hola. ¿Te apetece un café?

–Sí, me encantaría. Ya casi he terminado el techo; cuando acabe, podremos ponernos los dos a pintar las paredes.

Kerry se miró la ropa. Los vaqueros que llevaba estaban casi nuevos, no quería manchárselos de pintura.

–Voy a poner la cafetera y, mientras se hace el café, me cambiaré de ropa.

¿Por qué se había puesto tan nerviosa? Debía ser porque no estaba acostumbrada a que otra persona controlara su espacio íntimo, a que se comportara como si esa casa le perteneciera.

Pero… esa persona era Adam. Solía visitarla. No debería sentirse así. ¡Y no era la primera vez que le veía con unos vaqueros ceñidos y una camiseta! Aunque Adam era muy atractivo, no comprendía por qué se le había erizado la piel al verle. Y tampoco comprendía por qué le escocían los pezones de repente ni por qué deseaba acariciarle la boca con la suya.

«Contrólate. No vas a acostarte con Adam McRae. No es tu novio de verdad», se ordenó a sí misma mientras se ponía los vaqueros y la camiseta más viejos que tenía.

Después de un sorbo de café, el ataque de pánico se le quitó y fue capaz de comportarse de forma natural con él.

–Te dejo aquí el café, encima de la mesa –una mesa que estaba cubierta con una sábana de plástico.

–Gracias. ¿No te queda ninguna pasta? –preguntó él en tono esperanzado.

–Si no recuerdo mal, la otra noche acabaste con todas.

–Vaya, lo siento. Y perdona.

Pero Adam no parecía arrepentido en absoluto.

Adam continuó pintando el techo y a ella le resultó imposible quitarle los ojos de encima. Concentrado en el trabajo, estaba encantador. Se estaba mordiendo la lengua y… qué cuerpo.

Una locura. Había visto a Adam con vaqueros en numerosas ocasiones, pero nunca desde esa posición. Cuando estiraba el brazo, se le veía el liso abdomen y un reguero de vello oscuro bajándole hasta desaparecer debajo de la cinturilla de los pantalones. ¡Cielos! No le extrañaba que las mujeres se tiraran a él.

Kerry sacudió la cabeza. Adam no era para ella. Tenía que volver a la relación de siempre con él, a bromear.

–Te has dejado un poco sin pintar ahí.

–¿Qué?

–Que te has dejado un trocito sin pintar –repitió ella señalándole una esquina.

–No, imposible. ¿Dónde?

–Te he pillado –dijo Kerry echándose a reír.

–Ahora verás… –Adam agitó la brocha con gesto amenazante y comenzó a bajar la escalera.

Kerry no estaba preocupada en lo más mínimo, sabía que era una falsa amenaza y que Adam solo quería café.

Por eso, se quedó perpleja cuando Adam le rozó la punta de la nariz con la brocha. Un brochazo de pintura blanca.

¡Le había pintado la nariz!

Kerry le miró horrorizada.

–¡Eres un… un…!

–¿Qué? –los ojos azules de Adam, con un brillo travieso, se le clavaron.

–Muy bien, tú lo has querido –Kerry agarró otra brocha, la metió en la pintura y le pintó una raya blanca en la mejilla.

Él le hizo lo mismo.

En un instante, ambos correteaban por el cuarto de estar lanzándose brochazos el uno al otro. Acabó con ella en el suelo, Adam sujetándola con un brazo mientras alzaba el otro con gesto de triunfo.

–Admite que he ganado –dijo él.

–No –Kerry logró liberar una mano y le dio un brochazo en la camiseta.

–No deberías haberlo hecho –dijo él entre risas, pero era una amenaza. Iba a vengarse de ella. Lo iba a hacer con un montón de pintura.

Pero entonces la expresión de Adam cambió.

Kerry se dio cuenta de que iba a besarla. Lo veía en la forma como las pupilas de él se habían dilatado y el iris de los ojos se le había oscurecido. Iba a bajar la cabeza y a acariciarle los labios con los suyos, que ya estaban entreabiertos, invitándole. La piel le picaba.

Kerry notó calor y pesadez en los pechos. Le sorprendió lo mucho que deseaba que Adam le deslizara la mano por debajo de la camiseta y le frotara los pezones, que se los chupara...

No iba a tener que esperar.

Iba a besarla. Iba a borrar esa sonrisa burlona de su cara.

El rostro de Kerry había cambiado. Se había suavizado. Tenía los labios entreabiertos, invitándole a bajar la cabeza y a apoderarse de esa dulce boca... Sí, sería muy fácil hacerla temblar. Mordisquearle el labio inferior. Rozarle la lengua con la suya. Enterrar las manos en los cabellos de ella. Desnudarla...

Piel con piel. Muslos contra muslos…

Y penetrarla.

Y…

No.

No iba a hacerlo.

Kerry era su amiga. No iba a destruir una amistad por el sexo.

El problema era que ya se había endurecido, que ya la deseaba. Lo único que tenía que hacer era mover la cadera y ella se daría cuenta de lo mucho que la deseaba. Y no creía ser el único. Podía sentir los pezones de ella endureciendo.

No, no iba a pensar en los pezones de Kerry. No iba a pensar en lo mucho que anhelaba tocarlos, acariciarlos, besarlos…

Tenía que apartarse de Kerry. Ya. Antes de que las cosas fueran demasiado lejos. Antes de que ella se diera cuenta de lo excitado que estaba. Antes de que fuera demasiado tarde.

–Para compensarme por lo que has hecho, vas a tener que darme de comer –declaró Adam al tiempo que se incorporaba y se volvía de espaldas a ella para que no pudiera notarle la erección.

Kerry estaba absolutamente decepcionada.

Adam no la había besado. No la había tocado.

Lo que demostraba lo estúpida que había sido. Adam no quería sexo, quería comida.

–Bien. Ahora mismo voy a prepararte un sándwich –dijo Kerry con voz fingidamente alegre.

Sería humillante que Adam se diera cuenta de lo mucho que había deseado que la besara.

Capítulo Cuatro

Ya bien entrada la tarde, Adam paseó la mirada por la estancia.

–Bueno, creo que ya está –dijo él, aunque no con mucho convencimiento.

–Me gusta. Es un color alegre y luminoso –declaró Kerry.

–A mí el amarillo me parece aburrido.

Kerry lanzó un bufido.

–El hecho de que a ti te gusten los colores fuertes no significa que tengan que gustarle a todo el mundo.

Esa era otra de las razones por las que la madre de Adam nunca creería que estaban prometidos. A Adam le gustaba mezclar colores fuertes con mobiliario sumamente moderno. A ella, por el contrario, le gustaban los colores pastel, el mobiliario tradicional e iluminación difusa. Nunca podrían poner una casa juntos.

Como si le hubiera leído el pensamiento, Adam le dio un golpe juguetón.

–Eh, hacemos un equipo estupendo. Si alguna vez te cansas de los fuegos artificiales, montaremos una empresa de decoración. McRae & Francis –Adam lanzó una carcajada–. Suena bien.

–Mejor Francis & McRae. Por orden alfabético.

–No, nada de eso. Hay muchas cosas que no siguen un orden alfabético.

–La mayoría sí.

–Bueno, dejémoslo, no discutamos por eso ahora –dijo Adam.

–¿Qué te pasa? ¿Dónde está tu espíritu competitivo?

Adam miró el bote de pintura.

–Podríamos acabar muy mal.

Kerry se echó atrás inmediatamente.

–Vale, voy a preparar un café –no quería tener otra pelea de pintura con Adam.

Porque si acababa otra vez en el suelo debajo de él, tenía la sensación de que Adam, por fin, acabaría besándola. Y ella le rodearía el cuello con los brazos y tiraría de él hacia sí...

Lo que necesitaba era un baño. Pero pensar en ello le pareció también una mala idea, porque empezó a imaginar a Adam en la bañera con ella, enjabonándole el cuerpo...

«Vamos, cálmate», se ordenó a sí misma en silencio. Y, al momento, se puso a preparar el café mientras Adam recogía las sábanas de plástico.

–¿Quieres que llame por teléfono y pida que nos traigan una pizza? –preguntó Kerry.

Adam sacudió la cabeza.

–No, gracias, esta noche no puedo.

Kerry se recordó a sí misma que su noviazgo era falso y que no era de su incumbencia lo que Adam fuera a hacer aquella noche. Ni a quién iba a ver. Ni a quién iba a besar. Adam se había pasado el día entero preparando las paredes y había pintado la cocina y el cuarto de estar. ¿Por qué iba él a querer hacer algo con ella aquella noche?

–Vale. Yo también tengo que pasar al ordenador las notas que he tomado en la reunión de esta mañana –dijo ella para que Adam no pensara que estaba pendiente de él.

Adam acabó de recoger las sábanas y se bebió el café rápidamente.

–Bueno, hasta luego. Ah, antes de que se me olvide, ¿te importaría que te llamara desde Escocia? Lo más seguro es que mis padres quieran hablar contigo.

–No, no me importa. Pero avísame antes si quieres que diga, o no, algo en particular.

–Vale, gracias.

Adam sonrió y se marchó a su casa.

Y Kerry tuvo la sensación de que su amistad había cambiado. Adam no le había revuelto el cabello ni le había dado un abrazo.

Era como si su vieja relación hubiera llegado a su fin.

–Adam, ¿te pasa algo? –preguntó Pansy.

Adam forzó una sonrisa.

–No, nada. Estoy un poco cansado, eso es todo. En realidad, creo que me voy a ir ya.

Pansy se lo quedó mirando.

–¿En serio te encuentras bien? Siempre eres el último en irte de una fiesta.

–He tenido una semana agotadora –respondió Adam encogiéndose de hombros.

Le preocupó darse cuenta de que estaba aburrido. ¿Desde cuándo se aburría en una fiesta? Siempre había gente con la que charlar, reír…

Pero no podía quitarse a una persona de la cabeza. Una persona que hablaba con voz suave, que odiaba el rock. Una persona a quien no le gustaban mucho las fiestas, pero con quien podía hablar toda la noche sin parar.

–Eh, Adam, ¿quieres acostarte pronto hoy? –le preguntó Pansy entornando los ojos.

Adam reconoció la invitación. Se suponía que ahora debería rodearla con los brazos, besarla y preguntarle si quería ir con él a su casa. Era lo que todo el mundo esperaba de él. Era lo que esperaba de sí mismo. Pansy era su tipo: alta, de piernas largas, rubia y guapa.

–Sí, eso es justo lo que voy a hacer –respondió él–. Necesito descansar. Bueno, hasta la vista.

¿Qué demonios le ocurría? Estaba dejando pasar la invitación de una despampanante enfermera. Quizá debiera ir a un psiquiatra.

Rápidamente fue a darle las gracias al anfitrión por la fiesta y se marchó a su casa.

Kerry oyó pisadas en el piso de arriba y parpadeó. ¿Cómo era posible que Adam estuviera de vuelta en casa? Solo pasaban unos minutos de la medianoche. Cuando iba de fiesta, Adam no solía volver antes de las dos.

En una media hora empezaría a oír el crujir de la cama y las exclamaciones como «¡oh, Adam!».

¿Y por qué demonios se sentía tan posesiva? Al fin y al cabo, Adam no le pertenecía, no pertenecía a nadie.

–Vas a tener que ir a que te vea un psiquiatra –se

dijo a sí misma en voz alta antes de intentar volver a centrarse en la fórmula en la que estaba trabajando.

Entonces se puso en pie y se puso los cascos para oír un concierto de Beethoven. Subió el volumen. De esa manera, cuando empezara a crujir la cama, no lo oiría. Y no le pesaría no ser ella la que gimiera.

El sábado por la mañana fue una locura en urgencias del hospital. Adam no logró tomarse un descanso hasta bien pasada la hora del almuerzo. Pero ahora, sentado en la cantina, su pensamiento no estaba en el bocadillo ni en el café, sino en Kerry.

Y en la pelea de pintura del día anterior. Mejor dicho, en el momento en que la tenía pegada al suelo, mirando esos hermosos ojos verde mar. Ese fue el momento en que se dio cuenta de lo mucho que quería besarla.

Había estado a punto de hacerlo. De verdad. Afortunadamente, el sentido común le había impedido hacer algo tan estúpido, algo que habría destruido su amistad. De todos modos, no podía evitar pensar en ello.

Lanzó un gruñido.

«Será mejor que lo dejes», se dijo a sí mismo en silencio. «Kerry Francis no es tu novia de verdad. Vuestro noviazgo es una farsa. Kerry te está haciendo un favor, como amiga».

«Sí, pero has dejado de verla como a una amiga simplemente, ¿no?».

Para no pensar más en Kerry, trabajó como nunca, pero no logró apartarla de su cabeza. Al final, decidió que tendría que enfrentarse al hecho de que había dejado de pensar en Kerry como en una amiga, ahora la veía como a una mujer.

Y una mujer muy atractiva.

Una mujer a la que deseaba, pero a la que no podría poseer porque ella jamás permitirían que intimaran hasta ese punto.

El domingo por la mañana, al oír el timbre, Adam abrió los ojos y miró el reloj. ¿Las nueve y media? ¿Qué? ¡Y él que quería haber ido al gimnasio a las nueve! Nunca se despertaba tan tarde. Cierto que había trabajado hasta por la noche, pero luego no había salido de farra. Por primera vez en mucho tiempo, se había acostado un sábado antes de las dos de la madrugada. Y por primera vez en mucho tiempo, se había acostado un sábado… solo.

Adam agarró un par de calzoncillos, se los puso, bajó las escaleras y abrió la puerta de su casa.

–¿Desde cuándo abres la puerta en calzoncillos? –le preguntó Kerry.

Podía fingir no darle importancia, pero Kerry había enrojecido. Muy significativo.

De todos modos, Kerry tenía razón.

–Entra –dijo él–. ¿Te apetece un café?

Kerry se encogió de hombros.

–No tenía pensado quedarme mucho, solo quería darte esto –Kerry le dio un paquete y una tarjeta–. El libro que le he comprado a tu padre, es sobre el Edimburgo victoriano.

–Ah, gracias. Le va a encantar.

Por un momento, Adam estuvo a punto de preguntarle si era la clase de lectura que le gustaba a su padre, pero recordó a tiempo que Kerry le había dicho que se había criado fuera de casa, aunque no le había dado más explicaciones y él no había querido insistir.

De repente, se le ocurrió pensar que Kerry era una persona muy independiente y sin compromisos familiares. Hacía lo que quería y no rendía cuentas a nadie, justo lo que a él le gustaría. Sin embargo, quizás, justo lo que él tenía era lo que ella deseaba: una familia, unos padres que se habían interesado por sus estudios, que le habían enseñado a conducir y que se ponían en contacto con él constantemente.

–Bueno, hasta luego –dijo Kerry con una sonrisa y, al instante, se marchó.

Extraño. Kerry nunca se mostraba tan distante con él.

–¿Te pasa algo, Kerry? –le preguntó Trish mientras paseaban por el parque St. James.

–Mmm. No, nada, estaba pensando en hombres desnudos.

Trish estalló en carcajadas.

–Ya era hora.

Kerry frunció el ceño y miró fijamente a su amiga.

–¿Qué?

–Que ya era hora de que pensaras en hombres desnudos.

–¡Dios mío! –exclamó Kerry con expresión de alarma–. ¿He dicho eso en voz alta?

–Sí –respondió Trish sonriendo–. Vamos, dime cómo se llama.

No. No iba a hablar de eso, ni siquiera con su mejor amiga.

–No se trata de nadie en particular.

–Vamos, Kerry. Sé que estás pensando en una persona en concreto. ¿Se trata de un cliente tuyo?

–Nunca mezclo el negocio con el placer –contestó Kerry sacudiendo la cabeza.

–¿Le conozco?

Sí, pensó Kerry, pero no iba a decírselo.

–No.

Trish arqueó las cejas.

–Kerry, te conozco desde que tenías diecinueve años, y siempre que mientes te pones colorada.

–Es complicado –dijo Kerry tras un suspiro.

–¿Cómo de complicado?

–Su padre está enfermo y lo único que quiere es ver a su hijo casado. Yo… soy su novia ficticia, solo por un tiempo.

–¿Tan ficticia que ni siquiera llevas anillo? –le preguntó su amiga con los ojos fijos en su mano izquierda.

–Sí.

–¿Y es el tipo al que imaginas desnudo?

Kerry se sonrojó visiblemente. Así dicho sonaba fatal. Necesitaba salir más.

–¿Sabe lo que sientes por él? –preguntó Trish pensativa.

–No, y no lo va a saber –dijo Kerry apresuradamente–. Somos amigos, nada más.

–Amigos. Mmm. Es evidente que te ha elegido a ti de novia de mentira porque sabe que no le vas a dar problemas. Sabe que no dejas que la gente intime contigo.

Kerry lanzó un bufido.

–Eso no es verdad, tú y yo somos amigas íntimas.

–Sí. Pero yo soy una mujer y no supongo ninguna amenaza para tu estilo de vida –Trish suspiró–. Kerry, no todos los hombres son unos sinvergüenzas. Bueno, algunos sí lo son; por ejemplo, tu vecino.

Kerry hizo una mueca.

–¿Por qué te cae tan mal Adam?

–No es que me caiga mal, es que ni siquiera pienso en él –declaró Trish con altanería–. Se lo tiene muy creído.

–Por favor, deja de atacarle. Es un buen tipo.

Trish se encogió de hombros.

–Si tú lo dices. Ese hombre ha ido rompiendo corazones por todo Londres.

–No, no es verdad –le corrigió Kerry–. Adam es honesto con las mujeres con las que sale y deja las cosas muy claras desde el principio.

Trish frunció el ceño.

–Se me acaba de ocurrir algo terrible. Ese novio falso que te has echado… ¿es médico?

Kerry no contestó, se limitó a pasarse una mano por la cara.

–¡No, por favor, no me digas que es lo que estoy pensando!

–Trish, estamos dando un paseo y charlando, no lo estropeemos.

Pero Trish no se dejó distraer.

–Estás jugando con fuego, Kerry. Adam McRae es más peligroso que todos esos compuestos químicos con los que trabajas.

–No lo es. Y no voy a hacer ninguna tontería.

–Ojalá encontraras a alguien como Pete –dijo Trish suspirando.

El marido de Trish era un encanto, pero Kerry no quería para sí la vida que había elegido Trish. Ella prefería quedarse como estaba, no depender de nadie.

–Necesitas a alguien que te ayude y te cuide –dijo Tris.

–Sé cuidar de mi misma, gracias –respondió Kerry secamente.

–Por mucho que lo niegues, necesitas a alguien que esté a tu lado para apoyarte, para hacerte compañía… Y ese alguien no podría ser Adam.

–Ni se me ha pasado por la cabeza que lo sea. Aunque, para tu información, te diré que el viernes me pintó el piso.

–No parece propio de él –comentó Trish arrugando el ceño.

–No es tan terrible como tú crees, Trish. Y me ayudó cuando me trasladé a mi casa.

–Si Pete y yo no hubiéramos estado en Mánchester grabando el cuarteto…

–Sí, lo sé –Kerry sonrió a su amiga–. Me habrías ayudado y, posiblemente, no me habría quedado encerrada en la casa. Pero, al final, no pasó nada.

–Eres demasiado independiente, Kerry.

–¿Y qué tiene eso de malo? Estoy satisfecha con mi vida tal y como es.

Trish no dijo nada, pero Kerry pudo leer en su mirada: «En ese caso, ¿cómo es que se nota que hablas sin convencimiento?».

Capítulo Cinco

Le sonó el móvil. Era Adam.

–¿Estabas trabajando? ¿Te he interrumpido?

–No, estaba tomándome un descanso –respondió ella.

–Estupendo. Mi padre quiere hablar contigo, si no te importa.

–No, no me importa –Kerry contuvo una repentina desilusión. No la había llamado para charlar. De no ser por el fingido noviazgo, no la habría llamado desde Inverness.

–Kerry, gracias por el libro, hija. No deberías haberte molestado –le dijo Donald.

–No ha sido ninguna molesta. ¿Cómo se encuentra, señor McRae?

–Llámame Donald, por favor, y tutéame. Y estoy bien, gracias. No sé por qué se han alborotado tanto.

–Adam le está dando órdenes, ¿verdad?

–No te lo puedes imaginar. Que a ver qué como, que a ver qué bebo… hasta me ha dicho que me ponga a jugar al golf. ¡Al golf! –exclamó Donald con desdén.

–Bueno, supongo que es mejor que subir y bajar montañas corriendo –dijo Kerry.

–Pero el golf… ¡Qué asco! –Donald suspiró–. Es igual de mandón que su madre.

Kerry nunca había oído bromear así en su casa.

–¿Es Mozart lo que se oye? –le preguntó Donald.

–Sí. *Sonata para piano*.

–La número once –se apresuró Donald a decir–. Preciosa. Me alegro de que mi hijo tenga una novia con buen gusto.

Kerry se echó a reír.

–Adam no opina así.

–Ya, pero él no tiene gusto y tú y yo sí.

–Por supuesto. Mi mejor amiga es violinista. Si su cuarteto toca en Edimburgo en los próximos meses, te sacaré entradas para el concierto.

–Eso sería estupendo, hija. Y mejor aún si pudieras venir, aunque fuera sin Adam. A mi mujer y a mí nos encantaría verte. A propósito de verte, ¿cuándo vas a venir para que te conozcamos?

La pregunta la tomó por sorpresa; había esperado algo así de la madre de Adam, pero no de su padre.

–Bueno, en estos momentos estoy hasta arriba de trabajo. Pero iré pronto –contestó ella.

–En ese caso, iremos nosotros a conocerte. Cuando el tirano de mi hijo me dé permiso para viajar –dijo Donald.

Adam y ella no habían pensado en esa posibilidad.

–Eso sería estupendo –dijo Kerry con la esperanza de que no se le hubiera notado el pánico que sentía en la voz.

–A ver si puede ser pronto –añadió Donald–. Bueno, hija, te voy a dejar; al parecer, tengo que descansar. Me lo está diciendo el médico –añadió Donald con desdén.

Kerry lanzó una carcajada.

–Cuídate.

–Y tú.

Le resultó extraño ver a su padre hablando con su

novia. Kerry, desde luego, estaba representando bien su papel, Donald bromeaba y estaba de buen humor.

Pero lo más extraño fue que él había sentido lo mismo al hablar con ella, como si se hubiera iluminado el mundo. Una locura. Kerry era su amiga. No debería sentir otra cosa, no debería echarla de menos y, por supuesto, no debería pensar en ese beso que no se habían dado.

–Pareces distraído, hijo –dijo Donald.

–¿Yo? No, nada de eso.

–¿Echas de menos a tu chica?

–Sí –respondió Adam con sinceridad.

Echaba de menos a Kerry y estaba asustado.

Kerry cortó la comunicación y se recostó en el respaldo del asiento. Sería muy fácil enamorarse de Adam. A su padre le gustaba la música clásica, a su madre le gustaban los colores y el diseño y los dos la recibirían con los brazos abiertos en el seno de su familia.

Aquello iba a acabar mal. Los padres de Adam, al final, iban a sufrir. No se merecían ese montón de mentiras.

Adam y ella tenían que hablar. Cuanto antes mejor. Así que le envió un mensaje al móvil:

Ven a cenar cuando vuelvas de Escocia. ¿El miércoles a las siete y media de la tarde?

Adam tardó unas horas en contestar. La respuesta fue breve: *Bien. Yo llevaré el postre.*

***

El miércoles por la tarde, a las siete y media, sonó el timbre de la casa de Kerry.

–Hola –Adam le sonrió, en la mano llevaba una bolsa de plástico–. Era el postre. Fresas con nata.

Después de dejarle pasar, Kerry cerró la puerta.

–¿Qué tal está tu padre?

–Ahí anda –respondió Adam mientras ella metía las fresas y la nata en el frigorífico.

–Mmm. Huele muy bien.

–Cerdo asado. Estará listo dentro de unos diez minutos. ¿Te apetece un vino?

–Sí, gracias –Adam agarró la copa de vino tinto que ella le dio y la siguió al cuarto de estar. Allí, se sentó en el sofá–. Supongo que no querrás cambiar de música, ¿verdad?

–No. Está música es muy relajante.

Mozart. Su preferido.

–Con Mozart te has ganado a mi padre. Le encanta.

–Quizá sea por eso por lo que tú no lo soportas. Todavía te estás rebelando contra tus padres –Kerry se echó a reír y se sentó con él en el sofá–. La mayoría de los hombres de treinta años ya han dejado de rebelarse contra sus padres.

–Ya –Adam no picó el anzuelo.

–Me ha dicho que no quiere jugar al golf.

–No es la única opción. Pero necesita hacer ejercicio, aunque suave y poco a poco. Por eso es por lo que se me ocurrió el golf, se anda mucho y también se socializa. Aunque también podría comprarse un perro y llevarlo a pasear −Adam sacudió la cabeza−. ¿Sabes qué me contestó cuando le dije que necesitaba hacer algo de ejercicio? Me amenazó con meterse en el club de *squash* local. ¡Acaba de tener un infarto y quiere hacer un deporte que da infartos! Mi padre es imposible.

−No sabes la suerte que tienes −dijo Kerry antes de darse cuenta de lo que decía−. Tus padres son estupendos, Adam. Tus padres se preocupan por ti y mira la forma en la que me han aceptado, a una perfecta desconocida. Hablan conmigo por teléfono y se interesan por mí.

Justo lo contrario de sus padres, que jamás se habían interesado por ella, ni siquiera cuando vivía con ellos.

−Lo siento. Supongo que eras pequeña cuando tus padres murieron −dijo Adam.

Kerry se llenó los pulmones de aire.

−Mis padres no están muertos.

−¿No? −Adam la miró perplejo.

−Bueno, no, que yo sepa −no tenía ni idea de si vivían o no. Tampoco tenía interés en averiguarlo.

−¿Te apetece hablarme de ello? −Adam le tomó una mano y se la apretó.

−Eso no cambiaría nada.

−Pero puede que te haga sentir mejor.

¿Sería posible? No estaba segura. Sin embargo, acabó diciendo:

−Mi madre nos abandonó cuando yo tenía trece años porque estaba harta de las aventuras amorosas de mi padre.

−¿Y no te llevó con ella?

Kerry se encogió de hombros.

–Tengo la sensación de que a ella tampoco le hacía gracia sentirse atada. Además, no sabía qué iba a hacer ni adónde iba a ir. Supongo que pensaría que si me quedaba con mi padre al menos seguiría yendo al colegio y mi vida no cambiaría tanto; por el contrario, si me llevaba con ella, podría acabar yendo a docenas de escuelas en docenas de sitios diferentes. Quizá incluso en el extranjero.

–¿Y qué pasó?

–Como he dicho, mi padre tenía montones de novias. Yo, harta de que no me hiciera ni caso, empecé a portarme muy mal con el fin de llamar la atención.

–¿Tú portándote mal? –Adam sacudió la cabeza–. Eso no me lo creo.

–Puedes creerlo porque es verdad. Hacía novillos en el colegio, no estudiaba, contestaba mal a los profesores y me pillaron fumando porque fumaba en sitios que sabía que podían verme. Al final, me expulsaron del colegio –la directora había llamado a su padre, que se puso furioso con ella–. Mi padre me envió entonces a un internado. Ya sabes, ojos que no ven, corazón que no siente.

–Eso es terrible. Lo siento. Yo creía que…

–¿Que me había criado en un orfanato? –Kerry sonrió tristemente–. Sí, acabé en uno. Como odiaba el internado, pensó que si lograba que me expulsaran mi padre me llevaría de vuelta a casa. Así que me porté todo lo mal que pude.

–¿Y te llevó a casa? –preguntó Adam.

–No. Como no sabía qué hacer conmigo, se puso en contacto con los servicios sociales para que ellos se encargaran de mí. Me metieron en un orfanato.

Adam lanzó una maldición.

–¿Cómo pudo hacerle eso a su propia hija?

Era una pregunta que Kerry se había hecho muchas veces. Al final, había llegado a una conclusión.

–Porque le molestaba –respondió Kerry sacudiendo la cabeza–. Pasé meses esperando a que vinieran a por mí, él o mi madre, pero no lo hicieron. Cuando me di cuenta de que ninguno de los dos iba a venir, lo pasé muy mal. Tenía quince años, pero parecía que tenía dieciocho. Bebía, fumaba, no iba al colegio y me reunía con gente de mi edad completamente marginada –Kerry respiró hondo–. Pasé por tres casas de acogida en tres meses.

–¿Y qué pasó? –preguntó Adam con voz queda.

–Me llevaron a un orfanato a cien kilómetros de donde vivía. En la nueva escuela, la primera clase a la que asistí fue la clase de química. Todavía me acuerdo. El profesor nos mostró lo que pasaba cuando se calienta el permanganato de potasio.

–Ya, cuando se convierte en un volcán –dijo Adam.

Kerry asintió.

–Aquello me fascinó. Me saltaba otras clases, pero la de química nunca. Un sábado, mi profesora de química, la señorita Barnes, vino al orfanato y me llevó a un restaurante a almorzar para hablar conmigo. Se me daban bien la química y el arte, así que sugirió que estudiara pirotecnia. Me dijo que, si seguía como hasta ahora, lo único que conseguiría era ser infeliz. Me dijo que debía superar el pasado. Y luego me dijo algo que no se me olvidará nunca: «La mejor venganza es vivir bien».

–Y lo has conseguido. Has logrado el éxito. Pasarás

a la historia como la persona que consiguió crear un fuego artificial verde mar.

De repente, Kerry se dio cuenta de que Adam creía en ella. Tenía auténtica fe en ella.

Lo que significaba que era la única persona, aparte de la señorita Barnes y Trish, que creía en ella.

–¿Ves alguna vez a tus padres? –preguntó Adam con voz queda.

–No –Kerry tragó saliva–. Supongo que los encontraría si quisiera, pero ya no tengo nada que ver con ellos. Si no estaban interesados en mí antes, ¿por qué iban a estarlo ahora?

–Quizá hayan madurado –sugirió Adam.

–La verdad es que ya no me importan. Ya no les necesito. Me valgo por mí misma.

Antes de que Adam pudiera decir nada sonó el detector de humo y Kerry se dio cuenta de lo que pasaba.

–¡Oh, no, se ha quemado la cena!

Corrió a la cocina, retiró los cacharros del fuego y abrió la ventana. El cerdo estaba totalmente quemado, las patatas estaban hechas una masa pegada a la cacerola.

Tenía ganas de echarse a llorar, pero ya no lloraba nunca. Y mucho menos por haber quemado la cena.

–¿Qué puedo hacer? –preguntó Adam entrando en la cocina.

–Nada, gracias.

Fue entonces cuando vio el brillo de unas lágrimas en los ojos de Kerry, pero sabía que no lloraba por haber quemado la cena.

No quería verla triste y, mucho menos, si él podía hacer algo por evitarlo.

Adam la rodeó con un brazo.

–Ahora mismo vas a ir a lavarte la cara y yo te voy a llevar a una pizzería –Adam le acarició el cabello–. En mi opinión, teniendo en cuenta lo mal que te lo hicieron pasar tus padres, es increíble todo lo que has conseguido. Y no te preocupes, no le contaré a nadie lo que me has contado.

Kerry tembló.

–Vamos, déjame, tengo la cara toda mojada.

–¿Desde cuándo no llorabas?

–No lloro por mis padres, no se lo merecen –dijo ella apretando los dientes–. Y no lloro nunca.

–Kerry, las lágrimas no son un signo de debilidad, sirven para sanar –Adam se apartó de ella lo suficiente para poder verle la cara–. Lo que me has contado no cambia nada entre tú y yo. Es más, quizá, ahora que sé todo lo que has pasado, te admire un poco más.

En ese momento, Adam ya no pudo controlarse más. Bajó el rostro y la besó.

Capítulo Seis

Adam tenía la boca suave y dulce. La mordisquea-
ba, la acariciaba… Ella no pudo evitar rodearle el cuello con los brazos y abrir los labios. Adam, a su vez, le
cubrió las nalgas con las manos, apretándola contra sí.

Kerry se dio cuenta de lo excitado que estaba, pero
no se llevaba a engaños, sabía que no era porque ella le
excitara en particular. Adam acababa de pasar unos
días en una aldea de Escocia y debía de estar falto de
sexo. Solo la estaba besando porque ella era una hem-
bra.

Tenían que parar. La situación empezaba a ponerse
peligrosa. Tenía la desagradable sensación de que hacer el amor con Adam sería importante.

–Kerry –Adam le acarició la garganta con la punta
de la lengua–. Me encanta tu sabor.

Ojalá Adam no hubiera pronunciado la palabra sabor. Quería que la saborease, entera, todo su cuerpo…
hasta hacerla temblar de placer. Quería que la boca de
Adam le produjera un orgasmo.

Adam le deslizó las manos por debajo de la camiseta y le acarició el vientre. Ella tembló, pero quería más,
mucho más. Entonces sintió las manos de Adam en los
pechos, por encima del sujetador y, cuando él le frotó
los pezones, la sensación fue exquisita.

–Adam, no deberíamos…

Adam apartó las manos al instante y, al mirarle el rostro, Kerry vio que tenía las mejillas encarnadas y las pupilas enormes. Estaba tan excitado como ella.

–Lo siento –dijo Adam con voz ronca–. No era mi intención aprovecharme de ti. Vamos, ve a lavarte la cara.

Sí, los dos necesitaban distanciarse un poco para volver en sí. Ella tenía el cabello revuelto y los labios hinchados. Y los ojos como si tuviera fiebre.

Se echó agua fría en la cara con la esperanza de que el agua disipara el calor de la boca y las manos de Adam. Pero no podía dejar de pensar que, de no haber dicho nada, ahora estarían en la cama. Desnudos. Acariciándose. Saboreándose…

Kerry empezó a formular compuestos químicos mentalmente. Lo hizo para distraerse, para no pensar en el sexo y, sobre todo, para no pensar en el sexo con Adam McRae.

Por fin, cuando se calmó lo suficiente, se peinó, se alisó la ropa y regresó a la cocina. Adam había recogido los cacharros y había dejado las cacerolas en remojo. También había encendido la radio y había sintonizado una emisora de rock.

–Hola –le dijo Adam sonriente. El Adam de siempre, su vecino y amigo, no el Adam que la había besado hasta dejarla sin respiración.

–¿Nos vamos a tomar una pizza?

–Siempre y cuando pague yo. He quemado la cena.

–Todos cometemos errores –dijo él con voz suave.

¿Era esa una manera de decirle que lo que acababa de ocurrir había sido un error? De ser así, no hacía falta que se lo dijera, lo sabía perfectamente.

–Vamos a salir a cenar como amigos, ¿verdad? –Kerry quería dejar las cosas claras.

–Naturalmente.

Mientras fingía examinar la carta, Adam observaba a Kerry disimuladamente cuando ella bebía vino. ¡Qué boca tan bonita tenía! ¿Y quién habría imaginado que besaba tan bien? Nunca una mujer le había excitado hasta ese punto. Y esos labios en el cristal de la copa… Quería ver esos labios abiertos sin la copa, el cabello revuelto y desparramado sobre la almohada, el cuerpo desnudo encima de la cama. Quería llegar con ella al momento en el que los sonidos resultaban incoherentes, al momento en que se dejaba de pensar y solo se sentía.

Pero…

Sí, siempre había un pero. Kerry era su amiga y su amistad significaba mucho para él. Se sentía más cómodo con ella que con ninguna otra persona en el mundo y no quería perder esa amistad; si intimaban, la perderían.

Debía controlarse y resistir la tentación.

Después de cenar volvieron a la casa, se dieron las buenas noches y cada uno se fue a su casa. Adam no la agarró y la besó hasta dejarla sin sentido, como tampoco la levantó en sus brazos y la llevó a su piso, a su cama.

Por suerte, los próximos días estuvo muy ocupado con su trabajo. Cuando acababa la jornada, se iba al gimnasio. Cuando volvía a su casa, estaba lo suficientemente cansado como para no pensar en Kerry.

Kerry pasaba todo el tiempo que podía fuera de casa. Necesitaba construir y poner a prueba sus fuegos artificiales y tenía que hacerlo en el laboratorio, el lugar perfecto para quitarse a Adam de la cabeza. Su trabajo, si no quería que ocurriera un accidente, exigía suma concentración, lo que no le permitía pensar en Adam. Y trabajar muchas horas al día le ayudó.

Hasta el lunes por la noche, cuando, justo antes de regresar a su casa, echó un vistazo al móvil y vio que Adam le había enviado varios mensajes: *Tengo un problema. Necesito tu ayuda.*

Le había enviado el primero hacía seis horas. El resto eran parecidos, todos pidiéndole que se pusiera en contacto con él lo antes posible.

Kerry le llamó al instante.

–Kerry, menos mal que me has llamado.

–Perdona, acabo de ver tus mensajes –se disculpó ella–. Estaba en el laboratorio y… ¿Se trata de tu padre?

–Sí, pero no te preocupes, está bien.

Kerry sintió un enorme alivio. Había temido lo peor.

–¿Podrías pasarte por mi casa esta noche?

–¿Cuál es el problema?

–Te lo contaré cuando te vea –respondió él con evidente nerviosismo.

Kerry se miró el reloj. Ya era bastante tarde.

–Me disponía ya a salir. Estaré ahí dentro de una media hora.

Cuando Adam le abrió la puerta, Kerry oyó música clásica de fondo y parpadeó.

–¿Estoy sufriendo alucinaciones?

–No –Adam se sonrojó–. Como sé que te gusta esta música… ¿Quieres un café? ¿O prefieres una copa de vino?

Kerry tuvo la sensación de que Adam estaba demasiado obsequioso.

–No, gracias, no quiero nada. Dime, ¿cuál es el problema?

–Sube.

Kerry le siguió escaleras arriba hasta el cuarto de estar. Allí, él le indicó el sofá y ella se sentó.

–Bueno, ¿qué pasa?

–Mi padre está mucho mejor –respondió Adam.

–Eso es bueno, ¿no?

–Sí y no. Sí, porque es una verdadera tranquilidad para todos. No, porque… mis padres quieren venir a Londres para conocerte.

Ahora ya sabía cuál era el problema.

–¿Cuándo?

–El fin de semana que viene.

Kerry le miró fijamente. ¿Tan pronto?

–¿Y has dicho que sí?

–¿Qué otra cosa podía hacer? Teníamos una buena disculpa para que tú no fueras a Escocia conmigo, pero no tengo excusa para que ellos no vengan a Londres –suspiró–. Y no es eso todo. Quieren quedarse en mi casa, lo que es natural, ya que son mis padres. No iba a mandarles a un hotel.

–No veo el problema –aparte de que ella iba a tener que pasarse el fin de semana mintiendo y con convicción.

–Nuestros pisos solo tienen un dormitorio y mis padres van a quedarse en el mío. Teniendo en cuenta que

66

mi novia vive en el piso de abajo, les parecería extraño que yo durmiera en el sofá del cuarto de estar. Y es un sofá sencillo, no un sofá cama.

Kerry sabía adónde quería Adam ir a parar.

–¿Qué es lo que sugieres, Adam?

–Sugiero que me dejes dormir en tu sofá mientras mis padres estén aquí.

Kerry hacía mucho que vivía sola.

–Sé que es mucho pedir –añadió Adam.

–¿No crees que sería mejor que les dijéramos la verdad? –preguntó ella tras suspirar.

–No, no lo creo. Mi padre está mucho mejor, pero todavía no se ha recuperado del todo. Ha tenido un pequeño infarto, pero cabría la posibilidad de que tuviera otro a corto plazo, uno peor. No puedo exponerme a causarle estrés de ninguna clase.

–¿Y venir a Londres no le va a producir estrés?

Adam sacudió la cabeza.

–Va a hacer ya cuatro semanas desde que sufrió el infarto. Siempre y cuando pueda caminar sin esfuerzo cien metros, podrá viajar. Está deseando conocerte, Kerry. Y a mi madre le ocurre lo mismo.

–Cuanto más prolonguemos el engaño más duro va a ser para ellos al final –le advirtió ella.

–Cuanto más lo prolonguemos, más tiempo tendrá mi padre para recuperarse y mejor se encontrará para superar el duro golpe que se va a llevar –argumentó Adam–. Dime, ¿vas a dejar que me quede en tu casa? Te lo pido por favor.

Kerry se quedó pensativa. ¿Compartir su espacio vital con Adam? Adam, que había sido su amigo y ahora no sabía muy bien lo que sentía por él. Podía ser deseo sexual o algo más peligroso. Debería responder con un rotundo no.

Kerry respiró hondo.

—De acuerdo, puedes dormir en el sofá de mi casa. Que, por cierto, sí es un sofá cama.

—Gracias —Adam la miró con expresión de niño pequeño, una expresión que la deshizo—. También tenemos que comprarte un anillo de compromiso.

Kerry negó con la cabeza.

—No, no es necesario —aquello era un falso noviazgo, no necesitaban un anillo.

—Se supone que estamos prometidos, Kerry —dijo él con exasperación—. Lo que significa que debes llevar un anillo de compromiso. Eso es lo que mis padres esperan ver.

—Pero un anillo… Yo no llevo joyas, Adam.

Adam ya lo había notado. Kerry no necesitaba joyas ni maquillaje, poseía belleza natural. Una belleza natural que solía esconder.

—No tiene que ser ostentoso. Es solo un anillo, Kerry. A tu gusto.

—No quiero nada caro. Algo… discreto.

—Lo que tú quieras —le prometió Adam—. Voy a ir a recogerles al aeropuerto el sábado que viene. Hasta entonces, el día que te venga bien, iremos a comprarte el anillo, ¿de acuerdo?

Kerry sacó la agenda del bolso y la examinó.

—No hay nada que no pueda retrasar o adelantar, así que iremos el día que te venga a ti bien. Tú decides.

—¿Te parece bien el martes de la semana que viene? —preguntó Adam—. Empiezo el turno tarde, así que podríamos salir de aquí a las diez de la mañana. Me dará tiempo de sobra para ir a comprar el anillo y luego ir a trabajar.

–Bien –Kerry hizo una anotación en su agenda–. Bueno, me parece que me voy a ir ya. Hasta luego.

Kerry no sabía si sentir alivio o desilusión de que Adam no le pidiera quedarse un rato más. Y aunque durante los días siguientes se le ocurrieron docenas de razones por las que no deberían comprar un anillo, cuando llegó el martes por la mañana se las calló todas.

Porque Adam le sonrió, le tomó la mano, se la llevó a los labios y le susurró:

–Gracias, Kerry.

El roce de los labios de Adam en su mano le arrebató el sentido común.

Cuarenta y cinco minutos más tarde, estaban delante de la puerta de la elegante joyería Hatton Garden.

–Esto es una exageración –protestó Kerry–. ¿No habíamos quedado en que nada de enormes y caras piedras? No estamos prometidos de verdad. ¿No podríamos comprar algo de bisutería?

Adam negó con la cabeza.

–No daría el pego. Vamos, te lo debo. Lo único que tienes que hacer es elegir algo que te guste. Y como no tengo intención de hacer que me devuelvas el anillo, elije algo que realmente te guste.

Kerry examinó el escaparate. Las joyas que se veían no tenían precio, lo que significaba que si uno necesitaba preguntar era porque no podía permitírselo. Y se sintió como pez fuera del agua.

–Esto… esto no es para mí, Adam.

Adam la miró y ladeó la cabeza ligeramente.

–Está bien. Qué clase de anillo te gustaría llevar.

–No quiero nada tan espectacular. Algo…

–Menos ordinario –dijo él con voz queda–. Igual que tú.

Se pasearon por la calle mirando escaparates. De repente, Adam se detuvo.

–Mira.

Kerry clavó los ojos en un cabujón azul con una estrella de seis puntos blanquecina.

–Es casi como tus fuegos artificiales. Una estrella –miró la etiqueta que acompañaba al anillo–. Es un zafiro estrella.

–Es precioso –dijo Kerry–. Pero creo que es demasiado grande para mí.

Adam le levantó la mano izquierda.

–Mmm. Tienes manos pequeñas. No te va a ir una piedra grande. Como colgante, te valdría, pero no como anillo.

Adam le acarició el dedo anular y ella sintió su calor en todo el cuerpo. ¡Socorro! Si reaccionaba así a un simple roce…

No, no iba a fantasear con Adam tocándola íntimamente.

–¿Qué te parece ese? –Adam señaló una piedra verde con dos pequeños brillantes a los lados–. Tiene el mismo color que tus ojos.

¿Adam se había fijado en el color de sus ojos?

De haber ido a comprar un anillo de compromiso de verdad ella estaría ahora derretida.

–Venga, vamos a entrar a ver si lo tienen de tu tamaño.

–Ah, ¿el zafiro verde? –preguntó el dependiente cuando Adam pidió ver el anillo–. Es muy bonito.

–Yo creía que los zafiros eran azules –comentó Kerry.

–Los hay de todos los colores. Cualquier piedra de la familia corindón es un zafiro, excepto las rojas, que son rubíes, y las naranjas, que son *padparadschas*.

–Esta verde es preciosa –dijo Adam mirando a Kerry–. Y me parece perfecta para ti.

–Lo mejor es que se pruebe el anillo. ¿Sabe qué tamaño es el suyo? –preguntó el dependiente mirando a Kerry.

No, no lo sabía, nunca había llevado un anillo. Por lo que sacudió la cabeza.

El dependiente le tomó la mano y le deslizó un anillo por el dedo.

–Demasiado grande –le hizo probarse uno dos tallas más pequeñas, que era el verde que les había gustado–. Perfecto. Qué coincidencia, es su talla. Debe ser el destino.

–¿Qué te parece? –le preguntó Adam.

Los dos brillantes reflejaban la luz y el zafiro verde tenía el color verde océano, como los fuegos artificiales que deseaba crear.

–Yo… –se le hizo un nudo en la garganta y no pudo decir más.

–Tiene que ser una piedra verde, igual que tus ojos, igual que tu sueño –dijo Adam con voz suave.

Kerry se limitó a asentir. Esperaba que las lágrimas que habían aflorado a sus ojos no fueran visibles. ¿Qué le pasaba con Adam? Desde el inicio de ese falso noviazgo había estado a punto de echarse a llorar en varias ocasiones.

–Nos lo llevamos –declaró Adam.

Kerry le oyó charlar con el dependiente y hacerle preguntas respecto al zafiro estrella, pero no prestó atención a lo que el dependiente decía. Lo único en lo que podía pensar era en lo que Adam le había dicho: «Tiene que ser una piedra verde, igual que tus ojos, igual que tu sueño».

Lo único que tenía que hacer era no olvidar que ese noviazgo no era verdadero. También contener esa voz en la cabeza que le decía: «Ojalá…».

Capítulo Siete

Trish le agarró la mano a Kerry y se quedó mirando el anillo.

–¡Dios mío! Por favor, dime que no es lo que creo que es.

–No estamos prometidos de verdad –le aseguró Kerry–. Lo que pasa es que sus padres vienen este fin de semana y esperan verme con un anillo de compromiso.

Trish abrió los ojos sorprendida.

–Entiendo. Así que el anillo va a volver a la tienda cuando los padres de Adam se marchen.

Kerry sacudió la cabeza.

–Adam me lo ha regalado, en muestra de agradecimiento por ayudarle.

Trish entornó los ojos.

–Podría darte las gracias con un ramo de flores o una caja de bombones. O unos pendientes o un colgante… Aunque, pensándolo bien, no tienes agujeros en las orejas. Esto no es un simple gracias –insistió Trish–. Por favor, dime que no te estás acostando con él.

–No me estoy acostando con él –respondió Kerry enrojeciendo.

Trish lanzó un gruñido; evidentemente, pensando lo peor.

–Pero quieres hacerlo. Kerry, ¿te has vuelto loca?

–Eh, yo no he dicho en ningún momento que quiera acostarme con él –protestó Kerry.

–No hace falta que lo digas, se te ve en la cara. Está bien, acuéstate con él si quieres. Pero, por favor, no te enamores de ese hombre –le suplicó Trish–. Acabaría en lágrimas.

Eso Kerry ya lo sabía.

–Estás haciendo una montaña de un grano de arena. Solo somos amigos. Mira, sé que os odiáis mutuamente, pero los dos sois mis amigos, ¿no?

Trish no parecía muy contenta.

–Me preocupas, Kerry. Lo que estás haciendo es…

–Solo estoy ayudando a un amigo, nada más –le interrumpió Kerry–. Por favor, deja de preocuparte. No va a pasar nada.

El jueves por la noche Kerry no pudo evitar encontrarse nerviosa, por lo que se volcó en su trabajo. Fue entonces cuando le sonó el móvil, indicándole que tenía un mensaje: *¿El sábado libre?*

A lo que ella contestó: *¿A qué hora llega el avión?*

A las diez y media de la mañana, respondió Adam.

Por lo que estarían en la casa a la hora del almuerzo. Quizá lo mejor sería que los padres de Adam la conocieran en su propio territorio.

En ese caso, prepararé un almuerzo, contestó Kerry.

El teléfono sonó inmediatamente.

–No es necesario que prepares nada. No quiero que te molestes. Ya estás haciendo bastante.

–Adam, no vas a tener tiempo de preparar nada de

comer. No es ningún problema. Haré una sopa espesa y una ensalada.

–Gracias.

–Ah, otra cosa. Si te vas a quedar en mi casa, vas a tener que bajar algunas cosas –Kerry hizo una pausa–. ¿Cuánto tiempo van a pasar tus padres en Londres?

–No lo sé. Dependerá de cómo se encuentre mi padre. Dime, ¿cuándo quieres que baje a tu casa las cosas que voy a necesitar?

–Cuando tú quieras. ¿Te parece bien el sábado por la mañana antes de marcharte al aeropuerto?

–Bien. Hasta entonces.

Adam se presentó en casa de Kerry el sábado por la mañana con una bolsa de viaje y un jarrón con un ramo de flores de color rosa.

–Son muy femeninas –dijo ella con una sonrisa.

Adam se echó a reír.

–Irán bien con el color de las paredes de la cocina.

–Gracias. Y gracias también por el jarrón. No era necesario.

–Sí que lo es. De no traerte el jarrón, acabaríamos bebiendo zumo y vino en tazas –bromeó él–. ¿Estás segura que no es demasiada molestia preparar el almuerzo? Podríamos ir a comer por ahí.

–No, no es molestia –quería conocer al matrimonio McRae en su territorio, en el lugar en el que se sentía a salvo y segura. Cómoda.

–¿Dónde quieres que ponga esto? –Adam señaló la bolsa.

–De momento, llévala a mi habitación.

–Gracias –dijo Adam, y la besó en el cuello.

Kerry vio estrellas. El cuerpo entero le hirvió.

Adam volvió de dejar la bolsa en el dormitorio de ella y dijo:

–Te llamaré cuando salgamos del aeropuerto.

–Bien.

–¿Te parece bien que abra con la llave que tengo de tu casa cuando vengamos?

Kerry no había pensado en eso. Si un hombre tenía la llave del piso de su novia no llamaba a la puerta, ¿no?

–Sí, claro.

Kerry retiró la sopa del fuego y se concentró en el trabajo nuevamente hasta que sonó el teléfono.

–Hola, cielo. Ya salimos del aeropuerto.

–Bien. Hasta luego.

–Te quiero –añadió Adam.

No, no la quería. Estaba representando un papel delante de sus padres. No obstante, aquellas palabras le corrieron por las venas. «Te quiero». ¿Cuándo le había dicho alguien eso a ella?

Dispuso de tiempo suficiente para poner la mesa y preparar unas magdalenas de moras antes de oír la puerta de la casa de Adam.

Bueno, era natural que subieran a casa de Adam primero a dejar el equipaje.

El tiempo pareció detenerse. El almuerzo estaba listo, aunque tenía que calentar la sopa. En la mesa había buen pan, queso, jamón, ensalada verde, ensalada de tomates y un par de ensaladas más que había preparado para matar el tiempo. También había preparado la cafetera.

Y a cada segundo que pasaba estaba más nerviosa.

Por fin, oyó la llave en la cerradura.

–Cielo, ya estamos aquí –dijo Adam alzando la voz.

Kerry no sabía si tenía ganas de echarse a reír o de darle una bofetada. Al final, lo que hizo fue salir de la cocina con una sonrisa.

–Mamá, papá, esta es Kerry –dijo Adam–. Kerry, estos son mis padres, Moira y Donald McRae.

–Me alegro mucho de conoceros –dijo Kerry ofreciendo la mano educadamente.

Moira ignoró la mano de Kerry y la abrazó.

–No sabes lo contenta que estoy de conocerte, hija.

Donald hizo lo mismo.

–En persona eres mucho más guapa que en la foto que Adam tiene de ti en el móvil.

¿Adam todavía llevaba su foto en el móvil? Intentó disimular su sorpresa.

–¿Qué os apetece? ¿Café, té, algo frío?

–Un café, gracias. Bueno, eso si el médico me deja –Donald miró a su hijo.

–Una taza, pero no más –dijo Adam antes de ponerse a olfatear y preguntar esperanzado–: Kerry, ¿huele a pastas de chocolate?

–No, a magdalenas con moras –respondió Kerry antes de volverse a Donald y Moira–. Venid conmigo a la cocina, he preparado algo para almorzar.

–No deberías haberte molestado, hija –dijo Moira.

–No ha sido ninguna molestia. Además, yo también tenía que comer.

–Magdalenas –dijo Adam dirigiéndose rápidamente al mostrador de la cocina.

–Son de postre –le dijo Kerry dándole un manotazo–. Ya que no comes como es debido en el trabajo, comerás como es debido en casa.

Donald se mostró completamente de acuerdo.

–Donde las dan, las toman. No le dejes salirse con la suya, hija –Donald le dio una caja a Kerry–. Toma, te hemos traído esto.

Chocolate casero, hecho a mano. Eso era lo que los padres hacían cuando visitaban a sus hijos adultos, ofrecerles un pequeño lujo. Pero claro, sus padres ni siquiera le habían hecho regalos de Navidad cuando era pequeña.

–Muchísimas gracias –dijo Kerry. E, impulsivamente, abrazó a los padres de Adam–. Me vuelve loca el chocolate.

–Sí, Adam nos lo había dicho. Y estos chocolates son para ti, así que no dejes que se los coma él –dijo Moira.

Cuando terminaron de almorzar, Kerry llevó a Adam y a sus padres al cuarto de estar y ella se fue a recoger la cocina, consciente de que no había tenido motivos para ponerse nerviosa. Era muy fácil conversar con el matrimonio McRae. Los padres de Adam se habían interesado por su trabajo, hasta tal punto que les había invitado a asistir a las pruebas que iba a realizar pronto con el fin de enseñarles la preparación de unos fuegos artificiales. Y, sorprendentemente, Moira y Donald la había hecho sentirse un miembro más de su familia.

¡Qué horror! Había hecho algo peor que enamorarse de Adam, se había quedado prendada con su familia. No comprendía por qué Adam quería distanciarse de ellos. Sus padres le adoraban. Sus padres se sentían orgullosos de él y no interferían en sus asuntos para husmear, sino porque les preocupaba su felicidad. ¿Por qué Adam no lo veía así? ¿No se daba cuenta de la suerte que tenía?

—¿Necesitas algo, hija? —le preguntó Moira, que acababa de entrar en la cocina.

—No, nada.

—Siempre uno se pone un poco nervioso al conocer a la familia política por primera vez. A Adam debió pasarle también al conocer a tus padres.

—Yo no tengo familia —respondió Kerry tras respirar hondo.

—Cuánto lo siento, hija. Adam no nos lo había dicho; de ser así, no te habría preguntado. Perdona si te he molestado —Moira le dio un abrazo—. Pero ahora sí tienes familia, nos tienes a nosotros.

—Gracias —Kerry hizo un esfuerzo por contener las lágrimas.

Ese era el problema; por lo que había visto, el matrimonio McRae era la familia que siempre había querido para sí. Pero no iba a ser posible, porque Adam y ella no estaban prometidos de verdad. Adam no quería casarse.

No debía olvidarlo; de lo contrario, acabaría con el corazón completamente destrozado.

—¡Vaya, así que este es el anillo! Muy bonito. Muy poco corriente —dijo Moira alzándole la mano para examinar el anillo.

—Es un zafiro verde —explicó Kerry.

–Del mismo color que sus ojos, mamá. Y del color de los fuegos artificiales que Kerry quiere conseguir, que va a conseguir –dijo Adam, que acababa de entrar en la cocina.

Moira frunció el ceño.

–No acabo de entenderlo. Lo que quiero decir es que sé que se tiene que trabajar con diferentes productos químicos, lo mismo que yo mezclo diferentes pinturas. Pero… ¿no es una cuestión de mirar por un espectógrafo y averiguar qué compuestos químicos producen ese color?

–En teoría, sí –respondió Kerry–. En la práctica, algunos de esos compuestos son extremadamente inestables y otros no son naturales. Se supone que se conseguiría verde mar mezclando bario y cobre con dióxido de cloro, que emitirían una luz azul verdosa. Sin embargo, cuando se calienta el bario, reacciona con el oxígeno y el hidrógeno y acaba emitiendo una luz entre el amarillo y el verde en el espectro.

Moira se quedó pensativa unos segundos.

–Sí, claro, el calor afecta el color.

–Desgraciadamente, así es –Kerry hizo una mueca de disculpa–. Lo siento, me encanta lo que hago y tengo inclinación a hablar demasiado de ello.

–No, en absoluto. Es muy interesante –Moira sonrió–. Estoy deseando que nos enseñes cómo haces los fuegos artificiales. Siempre me han encantado; sobre todo, los que hacen en Nochevieja.

–Me encanta hacerlos –dijo Kerry–. Me encanta inventar diferentes formas, efectos y colores.

–Y todo eso acompañado de música –interpuso Adam al tiempo que rodeaba a su supuesta novia con un brazo–. Aunque siempre es música clásica. No dejo de insistir en que los fuegos quedarían muy bien acompañados de rock, pero Kerry no me hace caso.

Adam le acarició el cuello con la punta de la nariz.

Si Adam hacía eso una vez más se iba a caer al suelo. No pudo evitar apoyarse en él.

–Bueno, voy a decirle a papá que suba a echarse un rato a descansar –dijo Adam–. Mamá, ¿por qué no te sientas un poco para descansar? Yo ayudaré a Kerry a terminar de recoger la cocina.

Moira les lanzó una significativa mirada, como si se hubiera dado cuenta de que lo que querían era quedarse solos.

Para alivio de Kerry, Adam la soltó en el momento en que Moira se marchó de la cocina.

–Eres imposible –le susurró ella fingiendo estar enfadada.

–Y tú eres fabulosa –dijo Adam, sonriéndole.

El día pasó volando. Después de cenar en un restaurante italiano del barrio, Moira y Donald se fueron a acostar y Adam y Kerry se quedaron solos.

Adam se acomodó en el sofá y sonrió.

–Has estado maravillosa. Mis padres te adoran.

–Son encantadores –dijo Kerry–. No me gusta nada mentirles. No se lo merecen.

Sí, Adam lo sabía. Se le había ocurrido lo del noviazgo sin pensar seriamente en las consecuencias, que eran obvias: sus padres se habían quedado prendados con ella. Kerry era inteligente y animada, la hija que siempre habían querido tener. La hija que se merecían.

–Kerry, no puedo decírselo todavía, debo esperar a que mi padre se recupere –Adam ladeó la cabeza–. ¿En serio te caen bien?

–Sí, completamente en serio. Y tú no te haces idea de la suerte que tienes –respondió Kerry–. Tu madre no te hace preguntas porque quiera meterse en tu vida, sino porque está orgullosa de ti, porque eres su hijo y porque te quiere. Lo único que les importa a tus padres es tu felicidad.

Adam se sintió culpable. Kerry tenía razón. ¿Por qué no se había dado cuenta hasta ahora?

–Está bien, de acuerdo, mi vida íntima es un desastre. Y ahora, ¿podrías dejar de sermonearme, por favor?

–Sí, sin problemas, estoy un poco cansada. Creo que me voy a acostar ya.

–Yo me voy a quedar levantado un rato más, si no te importa. Espero no molestarte.

–El problema es que yo voy a dormir en mi sofá cama.

Adam frunció el ceño.

–¿No iba a dormir yo en el sofá?

–Eres mucho más alto que yo. Es mejor que yo duerma aquí.

¿Estaba Kerry sugiriendo que él durmiera en su cama? Se sintió excitado al instante. Pero sería mejor si ella también se acostara en su cama.

No, no debía pensar en Kerry en ese sentido.

–Kerry, no voy a permitir que salgas de tu habitación.

–Eres mi invitado.

–Me he invitado yo solo, así que eso no cuenta –le

informó él–. He dormido montones de veces en el suelo de la casa de algún amigo, así que un sofá es casi un lujo. Así no te molestaré.

–No, pero no me parece bien.

–Claro que siempre podríamos… –empezó a decir Adam, pero se interrumpió a tiempo.

–¿Qué?

Si decía lo que pensaba, que podían compartir la cama, Kerry podía echarle de su casa en ese momento.

–Nada. Kerry, repito, dormiré bien en el sofá. ¿Por qué no vas al baño mientras yo voy a tu cuarto y agarro lo que necesito?

–Si… si eso es lo que quieres.

No lo era, pero sabía que Kerry no iba a querer oír lo que él quería.

–Ven, voy a enseñarte dónde he puesto tus cosas.

Adam la siguió al dormitorio. Una vez allí, no vio la bolsa por ninguna parte.

Kerry abrió las puertas del armario empotrado.

–El traje, las camisas y la ropa del gimnasio los he puesto aquí.

Su ropa estaba colocada en el armario, separada de la de Kerry, pero compartiendo el espacio. Le resultó extraño, pero le gustó. Era como si fueran una pareja, como si vivieran juntos.

¿Por qué le gustaba tener la ropa con la de ella?

–También he vaciado el cajón de arriba para que coloques el resto –Kerry le indicó un mueble de cajones de madera de pino a los pies de la cama–. Y tus cosas de afeitar están en el cuarto de baño.

–Gracias –Adam sonrió–. Eres muy ordenada.

–¿Algún problema con eso?

–No, en absoluto, me parece estupendo. En mi trabajo reina el caos, así que es muy agradable volver a casa y que esté todo ordenado.

De repente, se dio cuenta de que había dicho «casa». Se sentía cómodo allí, a pesar de que sus gustos eran diferentes. Sospechó que le gustaba estar allí porque Kerry estaba allí. Kerry, tranquila, práctica y ordenada. Kerry Francis era una persona en la que se podía confiar. Solía visitarla cuando tenía jornadas laborales duras porque se sentía mejor cuando estaba con ella. Y le gustaba ir con Kerry a restaurantes en los que nunca había estado porque no sentía la necesidad de impresionarla; con Kerry, podía ser él mismo, ella le aceptaba tal y como era.

Ahora que lo pensaba, aparte de su madre, Kerry era la única mujer permanente en su vida.

Pero era una amiga, no su amante.

¿Por qué no podía ser las dos cosas?

Porque él no quería casarse. Kerry tampoco. Y si le decía a Kerry que estaba empezando a gustarle demasiado, ella se apartaría de él inmediatamente. Le echaría de su vida.

–Gracias por todo lo que estás haciendo por mí.

–De nada –respondió Kerry–. Voy a ir a abrir el sofá y a hacerte la cama.

Adam sacudió la cabeza.

–No, yo lo haré, tú estás cansada. Dime dónde está la ropa de cama y me encargaré del resto.

Kerry señaló unas estanterías en la parte superior del armario.

–Ahí tienes almohadas, un edredón y sábanas.

–Gracias.

Adam acababa de terminar de hacerse la cama cuando Kerry salió del baño. Llevaba pijama y un albornoz encima. Estaba completamente tapada, solo se le veían los pies y la cabeza. Tenía unos pies muy bonitos.

–Buenas noches –dijo él–. Que duermas bien.

–Y tú.

Adam temía que no iba a poder dormir bien, saber que Kerry estaba acostada en la habitación de al lado se lo iba a impedir.

Se estaba enamorando de ella. Era la primera vez que le ocurría. Y lo peor era que se estaba enamorando de una mujer que no tenía intención de enamorarse. La mujer más reservada que había conocido. Una mujer con un pasado que la hacía distanciarse de la gente.

¿Qué podía hacer?

A las siete de la mañana del día siguiente, Adam no tenía respuesta a su pregunta. Pero estaba completamente despierto y agitado. Lo mejor, para relajarse, era ir al gimnasio. El problema era que sus cosas del gimnasio estaban en el dormitorio de Kerry.

Podía entrar de puntillas e intentar sacar sus cosas sin despertarla, pero se le ocurrió una idea mejor. Le preparó un café como a ella le gustaba y llamó suavemente a la puerta.

–Kerry…

No obtuvo respuesta.

Adam llamó otra vez y abrió la puerta.

–Kerry…

–Mmm –Kerry se incorporó–. Adam.

–Te traigo un café.

Kerry se sentó en la cama sin subirse el edredón. La parte de arriba del pijama era una camiseta de tirantes de escote en forma de uve y tirantes muy finos, el tejido tenía unos pequeños corazones estampados. Era bonito y femenino.

Adam dejó la taza de café en la mesilla de noche y se sentó en la cama.

–¿Has dormido bien?

–Sí. ¿Y tú?

Estaba preciosa con el cabello revuelto.

La noche que se besaron le había tocado los pechos por encima del sujetador; ahora no lo llevaba. Lo único que tenía que hacer era inclinarse sobre ella, acariciarle la boca con la suya y esperar a que Kerry respondiera. Podría tocarla como quería. Podría subirle la bonita camiseta de tirantes y verle los pechos desnudos. Podría saborearla…

Había empezado a inclinarse sobre ella cuando se dio cuenta de lo que estaba haciendo.

No, Kerry no estaba preparada para eso. Y él no quería destruir su relación.

–Quería sacar mis cosas del gimnasio del armario. ¿Puedo? –preguntó Adam.

–Claro.

–Voy al gimnasio pronto por la mañana –explicó Adam mientras sacaba las zapatillas de deporte, la camiseta y los pantalones cortos–. Mis padres se van a levantar en cualquier momento, así que será mejor que me vaya ya. Tengo pensado darles un paseo en el coche y almorzar en algún pub. ¿Te apetece venir?

–Gracias, pero no. Tengo que trabajar.

–Pero cenarás con nosotros esta noche, ¿no? Yo prepararé la cena.

–De acuerdo. Yo me encargaré del postre.

El lunes y el martes siguieron la misma rutina, ya que Adam se había tomado unas vacaciones para estar con sus padres y Kerry tenía trabajo en casa. Pero Kerry se tomó el miércoles libre, ya que Adam volvía al trabajo, y llevó a los padres de Adam al laboratorio.

Se encontró muy a gusto con Moira y Donald. Les enseñó el laboratorio, les explicó en qué consistía su trabajo e incluso les mostró unos vídeos de los principales fuegos artificiales que había montado.

–Comprendo perfectamente por qué se ha enamorado de ti Adam –comentó Moira mientras volvían a la casa–. Eres distinta a las chicas con las que salía.

–¿Quieres decir que no soy despampanante? –comentó Kerry irónicamente.

–No eres superficial –le corrigió Moira–. Adam puede hablar contigo de cualquier cosa. Y está muy enamorado de ti, se le ve en los ojos, en la forma como te mira.

¡Socorro!, pensó Kerry. A Adam se le daba bien fingir, pero a ella no. Si en algún momento Adam notaba que se estaba enamorando de él no volvería a verle.

–No sabes lo que me alegro de que estéis juntos –continuó Moira.

–Sí, yo también –respondió Kerry con una sonrisa forzada.

Capítulo Ocho

Cuando los padres de Adam regresaron a Escocia a finales de la semana, Kerry fue con Adam para llevarles al aeropuerto.

–Será mejor que recoja mis cosas –dijo Adam cuando regresaron a la casa.

–¿Quieres que te ayude?

–No, no hace falta. Luego voy a ir a las pistas de nieve artificial a esquiar un poco. Nos veremos luego.

A Kerry le causó una gran desilusión que Adam no quisiera pasar un rato con ella. Aunque, en realidad, ya no hacía falta, los padres de Adam habían vuelto a Escocia.

Después de que Adam se marchara del piso con sus cosas, se sintió vacía. Le echó mucho de menos; sobre todo, a la mañana siguiente; se había acostumbrado a que le llevara una taza de café a la cama, a que hablara con ella y le preguntara qué planes tenía para ese día.

–Deja de soñar despierta –se ordenó a sí misma en voz alta, disgustada consigo misma.

Adam no se iba a enamorar de ella, no quería una relación seria y mucho menos con ella. Y sería una estupidez por su parte albergar falsas esperanzas.

***

–¿Te has levantado con el pie izquierdo? –preguntó Stacey.

–¿Por qué lo dices? –preguntó Adam con el ceño fruncido.

–Estás de mal humor con todo el mundo –le acusó la enfermera–. Has hecho llorar a una de las estudiantes de enfermería en su primer día de prácticas.

–¡Oh, no! Lo siento. Iré a pedirle disculpas –respondió Adam con sinceridad.

–Bien. Y espero que no vuelva a ocurrir.

–No, te lo aseguro –contestó él.

–Normalmente lloran por otros motivos –comentó Stacey cínicamente–. Aunque se rumorea por ahí que llevas un tiempo sin salir con chicas.

–Es algo temporal.

Stacey hizo una mueca.

–Ese debe ser el problema, la abstinencia.

Adam le hizo un gesto burlón.

–Gracias por el diagnóstico, enfermera Burroughs. Pero te aseguro que estoy bien. Estoy perfectamente.

Aunque quizá Stacey estuviera en lo cierto. Se encontraba mal porque no salía con una chica, una chica en particular. La chica que vivía en el piso encima del suyo.

El lunes por la mañana recibió una llamada de su madre cuando estaba trabajando.

–Adam, siento tener que decirte esto, hijo, pero he tenido que llamar a una ambulancia. Creo que a tu padre le ha dado otro infarto.

A Adam le dio un vuelco el estómago.

–Ahora mismo voy.

–No, hijo. Aquí, de momento, no puedes hacer nada.

–Ahora mismo me pongo en marcha, mamá –repitió Adam, consciente de la seriedad de la situación.

Acababa de arreglar las cosas en el hospital para tomarse unos días libres y estaba a punto de salir cuando recibió otra llamada.

–Adam, soy Kerry. Tu madre acaba de llamarme por teléfono y me ha contado lo que pasa. Ahora mismo voy a recogerte al hospital para llevarte al aeropuerto. Te he hecho la maleta con lo que me ha parecido que vas a necesitar.

–Eres increíble. Gracias –dijo Adam–. ¿Estás en casa todavía? ¿No estás en el trabajo?

–Todavía estoy en casa.

–En ese caso… ¿te importaría acompañarme a Escocia? Significaría mucho para mis padres –y, sobre todo, para él. Aunque no iba a decírselo para no asustarla–. Solo por un par de días. Es decir, si no estás hasta arriba de trabajo.

–Lo estoy, pero puedo seguir trabajando si me llevo el ordenador portátil –respondió Kerry–. De acuerdo, te acompañaré.

–Gracias –dijo Adam con voz queda.

Se acoplaron en los asientos del avión en silencio. Estaba muy preocupado por lo que pudiera encontrarse en Escocia. Los segundos infartos solían ser peores que los primeros. Si su padre moría…

–Eh –Kerry le agarró una mano y se la apretó–, deja

de preocuparte. Puede que no sea tan serio como temes.

—¿Y si lo es?

—No adelantes acontecimientos.

Adam suspiró y entrelazó los dedos con los de ella.

—Perdona, no debería abusar tanto de ti. Es una debilidad.

—No lo es. Necesitas ayuda y eres lo suficientemente hombre para pedirla. Eso no es ser débil, sino todo lo contrario.

—Vale —Adam se mordió los labios—. Kerry, podría pedirte otro favor.

—¿Qué?

—Si mi padre estuviera muy mal… me gustaría que muriera feliz.

—¿Vas a pedirme lo que creo que vas a pedirme?

Adam la miró fijamente a los ojos.

—¿Te casarías conmigo en Escocia?

Era lo que se había temido.

—Es solo hasta que mi padre se ponga bien o hasta que se… —Adam no pudo acabar la frase—. Podríamos divorciarnos inmediatamente después.

—Lo que causará un gran sufrimiento a tus padres. No podemos hacerles eso. ¿Cómo se te ha podido ocurrir semejante idea?

—Perdona, estoy hecho un lío. Me parece que no estoy pensando con la cabeza —se disculpó Adam pasándose una mano por la cabeza—. Pero si no nos divorciáramos, seguiríamos casados —Adam respiró hondo—. Nunca he pensado casarme y tengo la impresión de que tú tampoco. Así que, quizá, no importara que siguiéramos casados.

Casada con Adam. Ahora y siempre…

–¿Y si alguno de los dos quiere divorciarse en el futuro? –preguntó ella.

–¿Quieres decir si conocieras a alguien y quisieras casarte con él?

Difícil. Era mucho más probable que Adam se enamorara de alguien. Pero eso no iba a decírselo.

–Algo así.

–En ese caso, firmaría los papeles del divorcio inmediatamente. No te pondría ningún obstáculo, Kerry.

Iba a acabar con el corazón destrozado, lo sabía. Pero no quería hacer daño ninguno a los padres de Adam, sobre todo ahora que Donald estaban tan enfermo. Y quizá… quizá pudiera estar con Adam una noche.

La noche de bodas.

–Está bien, me casaré contigo.

Adam se llevó una mano de Kerry a los labios y le besó los dedos uno a uno.

–No sé cómo agradecértelo.

Cuando llegaron al hospital, encontraron a Donald conectado a un montón de máquinas. Presentaba un aspecto terrible. Moira no se veía mucho mejor.

Adam abrazó a su madre y examinó las anotaciones del estado de su padre.

–Voy a ir a hablar con el médico que le atiende, no tardaré –dijo Adam.

Mientras Adam iba a hablar con el médico Kerry fue a por café para Moira. Al volver, le dio el café y unas chocolatinas que también le había comprado.

–Vamos, tómate esto, te dará energía –le dijo a Moira.

Adam regresó unos minutos más tarde.

–Bueno, el médico me ha dicho que espera que te recuperes, papá. Pero vas a tener que quedarte en el hospital unos diez días, quieren vigilarte –entonces, Adam miró a su madre–. Kerry y yo hemos reservado una habitación en el hotel que hay enfrente del hospital. Mamá, ¿quieres que reserve otra habitación para ti?

Moira negó con la cabeza.

–No, me voy a quedar aquí. No me quiero separar de tu padre.

–¿Necesitas que te traigamos ropa limpia? –le preguntó Kerry.

–No, no hace falta de momento –respondió la mujer conteniendo las lágrimas.

–Todo va a ir bien, ya lo verás –le dijo Kerry a Moira abrazándola–. Adam y yo nos vamos a quedar aquí el tiempo que sea necesario. Y… también hemos hablado en el avión.

Kerry lanzó una mirada de soslayo a Adam y este asintió casi imperceptiblemente.

–Vamos a adelantar la boda –declaró Adam–. Nos vamos a casar aquí. Tan pronto como arreglemos los papeles.

–¿Que os vais a casar aquí? –repitió Moira con incredulidad–. Pero… ¿sin invitados ni nada?

–Eso no importa –contestó Adam–. Las personas realmente importantes sois vosotros dos y nosotros dos. El resto… –Adam se encogió de hombros.

–Ver a Donald enfermo nos ha hecho darnos cuenta de lo que es realmente importante en la vida –dijo Kerry.

Ya de noche, Kerry y Adam se encaminaron hacia el hotel. Cuando las puertas del ascensor se cerraron, Adam le tomó la mano.

–Kerry… Escucha, sé que me estoy pasando, pero… He reservado dos habitaciones, pero no quiero estar solo esta noche. ¿Podrías pasarla conmigo?

–¿Contigo? –preguntó ella.

–No te preocupes, no te voy a atacar.

Se le veía agotado y quería hacerle sentirse mejor. Y si para eso tenía que compartir la cama «platónicamente» con él, se controlaría.

–Está bien.

Adam no le soltó la mano hasta que no entraron en la habitación de él.

Cuando Adam salió del cuarto de baño, después de que lo hiciera ella, solo llevaba unos calzoncillos. Se le secó la boca. Su expresión debió delatarla, porque él sonrió.

–Normalmente duermo desnudo. Pero, dadas las circunstancias, me ha parecido mejor ponerme algo.

–¿Estás seguro que no quieres que me vaya a mi habitación? –murmuró ella.

–Seguro –Adam se acostó en la cama, a su lado–. Necesito que me abraces, Kerry.

Adam se colocó de lado, apoyó la cabeza en el hombro de ella, le rodeó la cintura con un brazo y entrelazó las piernas con las suyas.

–Menos mal que estás conmigo –dijo Adam con voz queda.

Durante un instante, se sintió esperanzada, pero al momento se ordenó a sí misma no pensar tonterías. Adam no estaba enamorado de ella, solo necesitaba el apoyo de una amiga.

Kerry alargó la mano y apagó la luz de la mesilla de noche; después, colocó la mano en el brazo de él.

–Buenas noches –murmuró Adam.

–Buenas noches.

Aquello era una locura. Nunca había dormido con nadie. Sí había tenido relaciones sexuales, pero nunca había pasado la noche entera con un hombre. No intimaba con sus amantes.

Aunque Adam estaba a punto de dormirse, lo único que tenía que hacer era darle un beso en la frente y así instigar un beso de verdad. O subirle ligeramente el brazo que le rodeaba la cintura… O bajárselo…

Tenía que hacer algo o iba a estallar. Tenía que pensar en otra cosa o iba a ser víctima de una combustión espontánea.

Combustión. Sí, eso era. Incandescencia. Mentalmente, repasó la lista de los elementos químicos que utilizaba con más frecuencia y la longitud de ondas de luz que producían en los nanómetros.

Y se quedó dormida.

El martes por la mañana Kerry se despertó con una sensación muy agradable. Pero pronto se dio cuenta de que estaba sola en la cama.

¿Dónde se encontraba Adam?

Frunció el ceño. No oía la ducha ni ruido en el cuarto de baño. Puso la mano en la parte de la cama que había ocupado él y vio que estaba fría, lo que significaba que hacía un rato que se había ido.

¿Le habría pasado algo a su padre? No, de ser así, Moira habría llamado y ella se habría despertado. Fue entonces cuando vio una nota encima de la almohada de Adam: *He ido a nadar.*

Kerry se dio una ducha y se vistió. Justo cuando acabó de recoger sus cosas y meterlas en una bolsa, Adam entró en la habitación con el cabello mojado. Afortunadamente, iba vestido.

—¿Has llamado al hospital? —le preguntó ella inmediatamente.

—Sí. Y mi padre ha pasado una buena noche —Adam suspiró de alivio—. ¿Lista para desayunar?

—Sí.

Kerry admiró su desapego. ¿Cómo lo conseguía? Ella aún se sentía afectada por haber pasado la noche en sus brazos. Cierto que solo habían dormido, pero abrazados. No se habían besado ni se habían acariciado íntimamente… Tembló solo de pensarlo. Y, para disimular el estupor que sentía, adoptó una actitud práctica.

—Tengo que llamar a Trish. Y quizá no sea mala idea que vaya a Londres a por los certificados de nacimiento y el resto de los documentos que vamos a necesitar para casarnos. Me tienes que decir dónde tienes los papeles.

—¿Cuándo vas a comprarte el vestido de novia?

—Mañana por la mañana. Volveré aquí mañana por la noche y el jueves terminaremos de arreglar los papeles.

—Y el viernes al mediodía… —la mirada de él era

inescrutable. ¿Estaba tan asustado como ella?–. No tengo palabras para agradecerte todo lo que estás haciendo por mí, Kerry.

–No te preocupes –Kerry necesitaba salir de aquella habitación inmediatamente. Si no lo hacía, iba a abrazarle. No, mejor besarle–. ¿No íbamos a desayunar?

Después del desayuno, Kerry hizo el equipaje mientras Adam le compraba un billete de avión y pedía un taxi por teléfono para que la llevara al aeropuerto. Después, llamó a Trish.

–Hola, Trish, soy yo. ¿Estás muy ocupada mañana?

–No creo, pero deja que eche un vistazo a la agenda –Kerry oyó a su amiga pasando páginas–. No, nada importante. ¿Por qué lo dices?

–Tengo que ir de compras.

–¡Para eso, cuenta conmigo! ¿Por qué no vamos hoy, después del concierto?

–No, todavía estoy en Edimburgo.

–¿En Edimburgo? –repitió su amiga con sorpresa–. ¿Desde cuándo?

–Vinimos ayer. Al padre de Adam le ha dado otro infarto. Ahora mismo vamos a ir al hospital. Pero Adam ya me ha comprado el billete para volver a Londres hoy.

–En ese caso, ven a cenar a mi casa –le dijo Trish–. Me da la impresión de que tenemos que hablar.

El resto de la mañana pasó rápido. El padre de Adam estaba mejor y de buen ánimo. Cuando Kerry se quiso dar cuenta, ya era hora para meterse en el taxi e irse al aeropuerto. Adam la acompañó a la salida del hospital.

–Buen viaje. Mándame un mensaje al móvil cuando llegues a casa –dijo él.

–Lo haré.

Kerry estaba a punto de subirse al taxi cuando Adam pronunció su nombre. Al volverse, Adam la rodeó con los brazos y rozó los labios con los suyos una vez, dos veces… hasta acabar besándola de verdad, profundamente.

El tiempo se detuvo. En ese momento, para Kerry, solo existía la calidez y dulzura de la boca de Adam, las suaves caricias de su lengua, la promesa de ese beso. Era solo el principio. Cuando volvieran a estar solos sería más, mucho más…

Por fin, Adam la soltó.

–Luego –dijo él con voz suave–. Llámame luego.

Durante el vuelo, Kerry revivió la sensación de la boca de Adam unida a la suya. Cuando llegó a Londres, se sentía completamente confusa. Adam y ella eran amigos. Su noviazgo era falso. Pero la forma como la había besado antes de subirse al taxi... Eso había sido el beso de un amante.

Y se iba a casar con él el viernes al mediodía.

No era de extrañar que la cabeza le diera vueltas.

Cuando llegó a su casa, deshizo el equipaje y sacó su certificado de nacimiento de los archivos. Le costó más encontrar el de Adam, que tenía todos los papeles revueltos en una caja. Después llamó a Trish para decirle que estaba a punto de salir para ir a su casa.

Pete, el marido de Trish, le abrió la puerta y le dio un abrazo.

–Hola, Kerry, ¿qué tal estás?

–Un poco liada –admitió ella–. ¿Cómo ha ido el concierto?

–Muy bien. Trish ha tocado de maravilla, como siempre.

–Lo mismo que tú –dijo Trish, acercándose por el pasillo–. Bueno, Pete, nosotras, las chicas, tenemos que hablar. ¿Por qué no te vas al pub un rato? Te guardaremos lasaña.

–Buena idea –contestó Pete–. Hasta luego, Kerry.

Tras dedicarle una sonrisa, Pete agarró la chaqueta de un perchero en el recibidor y se marchó.

Kerry le dio a su amiga una botella de vino y una caja de bombones.

–Vaya, parece seria la cosa. Venga, vamos a sentarnos.

Trish agarró dos copas y un sacacorchos; después de abrir la botella, sirvió el vino.

–Bueno, por la amistad –brindó Trish.

–Por la amistad –repitió Kerry.

–Dime, ¿qué es lo que pasa?

–Ya te lo he dicho esta mañana, el padre de Adam ha tenido otro infarto –contestó Kerry con la copa en la mano.

–¿Cómo está?

–Esperamos que se recupere. Pero no estoy segura, Adam está muy preocupado. Y él es médico, así que puede que sepa algo que no nos ha dicho.

–Espero que no vayas a decirme lo que temo que vas a decirme –comentó Trish frunciendo el ceño.

–¿Y qué es eso que temes?

–Que te vayas a casar con Adam.

–Eso es lo que voy a hacer. Por eso necesito comprarme un vestido de novia.

–Kerry, no es posible, no lo has pensado bien –dijo Trish–. No estáis enamorados. Esto va a acabar muy mal.

Kerry respiró hondo.

–Trish, tenía la ilusión de que Pete y tú vinierais a mi boda. Para mí, sois mi familia. Es más, ha sido Adam quien lo ha sugerido.

Trish, sorprendida, agrandó los ojos.

–Tratándose de él, me parece muy considerado.

–No es tan terrible como tú crees.

–Es un mujeriego. Por lo que me has contado de tu padre, Adam es igual que él. O peor.

–No, Adam, en el fondo, es una buena persona –insistió Kerry.

–Te va a destrozar el corazón –le advirtió Trish.

–¿Significa eso que no vas a venir a mi boda? Quería que fueras mi testigo.

–Naturalmente que voy a ir, soy tu mejor amiga, pero… ¡Casada con Adam! –exclamó Trish dando rienda suelta a su frustración.

–Solo de mentira –le recordó Kerry.

–Sé por qué lo haces, Kerry, pero no deberías. Podrías acabar sufriendo y mucho.

–Imagínate que el padre de Adam muere –dijo Kerry con voz queda–. ¿Cómo íbamos a perdonarnos no haber hecho todo lo posible por alegrarle los últimos días de su vida?

–Eso es un golpe bajo –Trish resopló–. Está bien, lo

haré, pero esto no me gusta nada. Dime, ¿tenéis pensado cuándo vais a casaros?

–Sí. El viernes.

–¿Qué viernes?

–Este viernes.

–¡Este viernes! ¡Por el amor de Dios, Kerry, no vamos a tener tiempo para comprarte el vestido y todo lo demás!

–Trish, el padre de Adam está realmente enfermo. Y hay otro problema, la boda se va a celebrar en Edimburgo.

Trish lanzó un gruñido.

–Kerry, estás completamente loca, aunque comprendo los motivos que te mueven a hacer algo así –declaró Trish sacudiendo la cabeza–. Está bien, iré, pero con tres condiciones.

–¿Qué condiciones?

–En primer lugar, que me dejes peinarte y maquillarte para la boda. En segundo lugar, que te quedes con el regalo de boda que te dé cuando recuperes el sentido común y te divorcies de Adam. La tercera condición es que me dejes a cargo de la música de la ceremonia.

–No tienes por qué hacerme ningún regalo. No es una boda de verdad y… Adam y yo vivimos cada uno en nuestra casa.

–¿Quieres elegir tú la música o prefieres que la elija yo?

Cuando terminaron de cenar, Trish y ella lo tenían todo planeado. Al marcharse de casa de su amiga, Kerry llamó a Adam al móvil, pero lo tenía desconectado. Fue entonces cuando recordó que Adam le había dicho que iba a pasar la noche en el hospital con su padre para que su madre pudiera descansar.

Kerry estaba navegando por Internet para matar el tiempo cuando sonó el teléfono.

–Hola, acabo de ver tu mensaje.

Al oír la voz de Adam, sintió un estremecimiento de placer en todo el cuerpo.

–¿Cómo está tu padre?

–Está mejor. Mi madre también –contestó Adam–. ¿Vas a volver mañana como habíamos quedado?

–Sí, por la tarde –confirmó ella–. Por cierto, Trish y Pete van a venir a la boda y van a ser ellos quienes toquen. Violín y violonchelo.

Adam tardó unos segundos en responder.

–Me alegro de que vaya a venir alguien allegado a ti a la boda.

–¿Por qué?

–Porque mi madre quiere que sea una boda seria y… bueno, hay novedades.

A Kerry se le erizó la piel.

–¿Qué pasa?

–Que mi madre ha movilizado a toda la familia y van a venir todos. Cuando me he enterado, era demasiado tarde para impedirlo –Adam tosió–. No puedo decirles que no, Kerry.

–¿De cuántos invitados estamos hablando, Adam?

–Mis tíos, mis tías y algunos de mis primos.

¿Se iba a tener que enfrentar a todo el clan McRae? ¡No, no!

–La buena noticia es que el médico le ha dado permiso a mi padre para que salga del hospital el viernes durante un par de horas. Voy a hablar con los del hotel para que nos preparen un pequeño banquete de bodas.

Adam hablaba en tono impersonal, como si estuviera preparando la fiesta de otra persona, no su propia boda. Pero claro, aquello no iba a ser una boda en serio.

—Bien –respondió ella.

—Kerry, respecto a lo de esta mañana, perdona, me he dejado llevar.

Lo que significaba que le parecía una equivocación haberle dado un beso. O que no significaba nada para él.

—Estabas preocupado por tu padre, no te preocupes. Hasta mañana.

—Que duermas bien –respondió él.

Cuando Kerry colgó el teléfono, apagó el ordenador y puso música de Bach. Maldito beso, ojalá nunca hubiera tenido lugar, de esa manera no habría albergado falsas esperanzas.

Trish tenía razón, aquello iba a acabar muy mal.

Capítulo Nueve

Kerry metió su vestido de novia en la maleta, encima de todo lo demás, y salió camino del aeropuerto. Casi sin darse cuenta se encontró de nuevo en Edimburgo, en su habitación del hotel. Allí, lo primero que hizo fue colgar el vestido en el armario. Después, le envió un mensaje a Adam al móvil para decirle que ya estaba allí y que se iba inmediatamente al registro civil a llevar los papeles. Antes de que cerraran, fue a una floristería a encargar las flores para la ceremonia.

Adam no le pidió que durmiera con él esa noche y ella no sabía si sentirse aliviada o decepcionada.

El jueves terminaron de arreglar los papeles y Moira insistió en seguir la tradición: los novios no se podían ver después de la medianoche del jueves hasta el momento en que fuera a tener lugar la ceremonia.

El viernes por la mañana, atacada de los nervios, se estaba paseando por la habitación cuando sonó el teléfono.

–La señora Henderson está aquí, señorita Francis –le dijo la recepcionista cuando descolgó el auricular.

Un par de minutos más tarde oyó unos golpes en la puerta. La abrió y abrazó a Trish.

–No sabes lo que me alegro de que estés aquí.

Trish le tomó y se las apretó.

–¿Estás segura que sabes lo que vas a hacer?

–Sí. En serio, no te preocupes.

Les subieron el desayuno y Kerry, haciendo un gran esfuerzo, comió un poco. Después llegaron las flores. Y, por fin, llegó el momento de arreglarse: peinado, maquillaje, manicura y el vestido.

–Y ahora, según la tradición, necesitas algo viejo. Se supone que tienen que ser los zapatos, pero como no tenías ningún calzado apropiado… –Trish frunció el ceño.

–Mi reloj de pulsera.

–Perfecto. Lo nuevo es el vestido. Y algo prestado –Trish hurgó en su bolso de mano y de él sacó una caja–. Aquí está, mis perlas de la buena suerte, las que llevo cuando doy un concierto.

–Gracias –dijo Kerry con voz queda.

Trish le colocó el collar de perlas.

–Perfecto. Y ahora algo azul… –Tris le dio a Kerry una pequeña bolsa.

Kerry echó un vistazo a lo que había dentro de la bolsa y lanzó una carcajada.

–¡Una liga!

–Es lo tradicional.

Adam se miró el reloj. Faltaban diez minutos.

–¿Estás bien, papá?

–Sí. Y debería ser yo quien te preguntara eso –comentó Donald irónicamente–. Deja ya de preocuparte por mí.

–Por favor, si en algún momento no te encuentras bien, quiero que me lo digas. Prométemelo –insistió Adam.

–Estoy perfectamente bien, y déjame ya.

–O me lo prometes o no me caso.

–Está bien, te lo prometo.

Adam sonrió y volvió a mirarse el reloj. Nueve minutos y medio.

En ese momento, la puerta se abrió y él, automáticamente, volvió la cabeza. Al ver a Trish, respiró hondo. Le había prometido a Kerry que no iba a discutir con Trish ese día. Se iba a controlar. Iba a ser educado y amable con la diva. Con una sonrisa forzada, se dirigió a ella.

–Las flores para el ojal de tu chaqueta –dijo Trish. Rosas rojas. Adam arqueó las cejas.

–¿Hacen juego estas flores con el ramo de Kerry?

–Pronto lo comprobarás por ti mismo –Trish le dedicó una fingida sonrisa–. Hola, ustedes deben ser el señor y la señora McRae –dijo Trish a Moira y a Donald–. Yo soy Trish Henderson, la mejor amiga de Kerry, su dama de honor, la testigo de su boda y también la encargada de la música. Ah, ya veo que ya han conocido a mi marido.

Trish sonrió a Pete, que estaba afinándole el violín.

–Siento no haber venido antes a saludarles, pero estaba peinando a Kerry –añadió Trish.

–Por favor, tuéanos. Somos Donald y Moira –dijo Moira–. Todavía no puedo creer lo que está pasando. Organizar una boda en menos de una semana… –Moira sacudió la cabeza.

–No te preocupes, todo saldrá bien –le aseguró Trish–. Pete se va a encargar de hacer las fotos.

Después, Trish clavó los ojos en los de Adam y añadió:

—Tengo que ponerte las flores en el ojal, acompáñame.

—¿Qué pasa? ¿Es que Kerry se lo ha pensado mejor y no quiere casarse? —preguntó él en voz baja para que no pudieran oírle sus padres.

—No —respondió Trish en un susurro—. Pero te lo advierto, si le haces daño, te abriré las tripas con el arco de mi violín.

Adam respiró hondo.

—Si le hago daño, te doy permiso para destriparme —respondió él en voz igualmente queda—. Al margen de lo que pienses de mí, te aseguro que me importa mucho el bienestar de Kerry. Mucho.

A juzgar por su expresión, Trish no parecía haberle creído.

—Trish, hablo en serio. Quizá debiéramos dejar de pelearnos. Es el día de nuestra boda, no quiero que ocurra nada desagradable. No quiero que ni Kerry ni mis padres se lleven un disgusto. Tengo entendido que estás enterada de la situación.

Trish asintió.

—Sí, así es. Y de acuerdo, yo tampoco quiero causar problemas. Me comportaré si tú también lo haces.

—Gracias.

Adam entrelazó los dedos. Los minutos se le estaban haciendo eternos.

¿Y si Kerry, al final, se echaba atrás? ¿Y si…?

Fue entonces cuando sonaron las primeras notas de *La llegada de la reina de Sheeba*. Se oyó un murmullo colectivo y él volvió la cabeza.

Kerry caminaba por el pasillo central hacia él. Sola. Valiente y…

Le pareció como si fuera la primera vez que la veía. En cierto modo, así era. Era la primera vez que la veía con vestido. Y qué vestido: seda *georgette* roja, sin tirantes, el cuerpo ajustado y la falda hasta las rodillas. Zapatos de pequeño tacón haciendo juego. En la mano llevaba un ramo de rosas rojas y doradas que iban a la perfección con el vestido y el chal dorado que le cubría los hombros. El velo era del mismo color que el chal y quedaba sujeto mediante una tiara.

Estaba deslumbrante. Absolutamente deslumbrante. Vio curvas en el cuerpo de Kerry que, debajo de los vaqueros o trajes pantalón que llevaba siempre, no había visto jamás. Y el collar de perlas subrayaba la suavidad de su piel, una piel que deseaba besar…

Quiso acercarse a ella, tomarla en sus brazos y llevársela a un lugar escondido, un lugar en el que pudieran estar los dos solos. Pero se quedó donde estaba. Esperándola.

Por fin, Kerry llegó hasta él.

—Estás preciosa —dijo Adam con voz queda.

Quería besarla, como lo había hecho delante del taxi. Un beso lleno de promesas, deseo y pasión.

Un beso de amor.

Pero Kerry no le amaba. Le quería como a un amigo, pero no estaba enamorada de él. Y después de lo que le había contado sobre sus padres y su vida, sabía que Kerry nunca le permitiría intimar con ella.

Se sintió aturdido durante toda la ceremonia, apenas consciente de las palabras del capellán. No podía apartar los ojos de Kerry. La deseaba con locura. Necesitaba tocarla, acariciarla, besarla…

Por fin, el capellán les declaró marido y mujer.

–Puede besar a la novia –dijo.

En ese momento, cuando Trish comenzó a tocar las primeras notas de una suave y melódica pieza para violonchelo, Adam levantó el velo de Kerry, le puso las manos en ambos lados del rostro y le acarició los labios con los suyos.

¡Qué dulzura! Estuvo a punto de pasarle las manos por los brazos, rodearle la cintura y estrecharla contra sí para besarla de verdad. Pero la situación era… demasiado complicada. Se conformó con tomarle la mano, consciente de que Kerry lo preferiría.

Después, los testigos se acercaron y firmaron los papeles. Cuando terminaron, Trish y su marido comenzaron a tocar algo que a Adam le resultó familiar. Sí, era algo que había oído en casa de Kerry: *Canon de Pachelbel*. La pieza, tocada solo por un violín y un violonchelo, era maravillosa. Y al son de esa música, con su mujer, comenzaron a recorrer el pasillo central de la iglesia hacia la salida.

Por fin salieron de la capilla. Casados.

–Eh, quedaos ahí quietos –dijo Pete, de repente delante de ellos con una cámara.

Posaron para la cámara y sonrieron.

–Has decidido volverte formal –le dijo uno de sus tíos a Adam–. Me llevabas mucha ventaja.

–Me he vuelto formal porque he encontrado a la mujer perfecta –respondió Adam–. Tú sigues buscando donde no debes.

El mismo tipo de bromas se repitió en las conversaciones que Adam mantuvo con el resto de sus familiares, y Kerry acabó convencida de que jamás recordaría los nombres de la gente que le estaban presentando, a pesar de que todos se mostraban encantadores con ella y ya la habían aceptado en el seno familiar. Ya la consideraban parte del clan.

Cuando llegaron al hotel y se sentaron a la mesa, Kerry comenzaba a relajarse cuando alguien gritó:

–¡Un discurso!

–Mala suerte, no he preparado ninguno –declaró Adam con una sonrisa al tiempo que se encogía de hombros.

–Es una boda, queremos un discurso.

Adam lanzó un suspiro y se puso en pie.

–No he preparado ningún discurso porque, como todos sabéis, hemos tenido que adelantar la boda. Así que, disculpadme si no me sale muy bien. Lo tradicional es que el novio hable de cómo conoció a la novia, así que os lo contaré. Nos conocimos de forma poco convencional, cuando yo forcé la puerta de la casa de Kerry, que se acababa de cerrar y no tenía la llave. Me llevó un tiempo darme cuenta, pero os aseguro que Kerry es la única mujer con la que podría casarme.

Si supieran la verdad, pensó Kerry.

–Los mejores discursos son los cortos, así que voy a cerrar la boca. Pero antes, quiero hacer un brindis. Por mi hermosa mujer.

–Por la hermosa novia –gritaron todos.

Adam se sentó.

–¿He estado bien? –le preguntó Adam en voz baja.

–Sí –respondió Kerry asintiendo.

–En contra de la tradición, me gustaría decir unas palabras –declaró Moira poniéndose en pie–. Hace solo unas semanas que hemos conocido a Kerry, pero es como si la conociera de toda la vida. Es la clase de chica con la que soñaba que mi hijo se casara. No puedo creer la suerte que tenemos. Quiero brindar por Kerry, quiero darle la bienvenida a nuestra familia.

–Bienvenida a nuestra familia –repitieron todos alzando las copas.

–A mí también me gustaría decir algo –Trish se puso en pie–. Kerry y yo nos conocimos en la universidad y, desde entonces, es mi mejor amiga. Soy, prácticamente, la familia de Kerry. Así que… me gustaría dar la bienvenida a Adam a nuestra familia también. Adam ha demostrado tener un gusto exquisito para elegir una esposa; desgraciadamente, no puedo decir lo mismo de sus gustos musicales. Pero entre Kerry, Donald y yo… espero que consigamos educarle.

Adam lanzó un gruñido.

–¡Auxilio!

Trish se echó a reír.

–¡Demasiado tarde! Damas y caballeros, deseemos a los novios larga vida y felicidad.

Pero no juntos, pensó Kerry.

–¡Por los novios! –gritaron todos en un brindis.

Después de la comida, la tarta y más fotos, Adam recibió un mensaje por el móvil para avisarle de que debía llevar a su padre de vuelta al hospital.

–Ni siquiera he podido beber dos copas de champán –protestó Donald.

–Tu médico me estrangularía si no te llevara ahora mismo –contestó Adam–. Venga, vamos.

–No, quédate aquí, le llevaré yo –dijo Tom.

–Antes de que os vayáis, Donald y yo queremos daros vuestro regalo de bodas –dijo Moira al tiempo que entregaba un sobre a Kerry–. Es la llave de la suite nupcial. No os preocupéis, vuestras cosas están allí, les pedí que las llevaran a la suite.

–Yo… no sé qué decir –dijo Kerry.

Moira sonrió.

–Sé que Adam y tú habíais dicho que no querías regalos, pero ahora eres mi hija y tengo derecho a mimarte. Quiero que seáis muy felices.

Kerry parpadeó para contener las lágrimas.

–Gracias –susurró Kerry antes de abrazar a Moira y luego a Donald.

–Y ahora, marchaos. Se supone que los novios se van antes que los invitados –les ordenó Moira.

–Gracias, mamá –Adam abrazó a su madre–. Iremos al hospital por la mañana. Pero si nos necesitas, ya sabes dónde estamos.

–No os vamos a necesitar –contestó Moira.

Kerry y Adam se despidieron y… se quedaron solos, en el ascensor, camino a la suite nupcial.

Capítulo Diez

–No tenía ni idea de que mis padres nos habían reservado la suite nupcial –dijo Adam en tono de disculpa.

–No te preocupes –Kerry se encogió de hombros.

–Tienes razón. Además, estas habitaciones son grandes. Yo dormiré en el sofá.

Quizá el champán se le había subido a la cabeza o quizá se estaba engañando a sí misma y solo oía lo que quería oír, pero estaba segura de haber notado algo extraño en la voz de Adam.

Y algo le empujó a decir:

–Adam, esta es la única vez que vamos a casarnos.

–¿Y? –Adam la miró fijamente.

–¡Qué demonios! ¿Por qué no pasar una noche de luna de miel?

–¿Estás sugiriendo que…?

Se le secó la garganta al ver la intensidad de la mirada de Adam. No pudo pronunciar palabra, solo asentir.

Los ojos de Adam se tornaron intensamente azules. Y cuando las puertas del ascensor se abrieron, Adam la levantó en sus brazos y la llevó hasta la puerta de la habitación.

Kerry no podía creer lo que estaba pasando. Al parecer, iban a consumar el matrimonio.

–En el bolsillo de arriba. La llave.

Kerry sacó la llave y él se agachó ligeramente para que ella pudiera abrir.

Y cruzó el umbral de la puerta en los brazos de Adam.

Adam la soltó despacio, deslizándola por su cuerpo. Estaba lo suficientemente pegada a él como para notar que estaba excitado. Que la deseaba.

Entonces, Adam encendió las luces.

–¡Dios mío! –Kerry se echó a reír.

Globos. Había media docena de globos en forma de corazón atados a los pies de la cama. La colcha estaba cubierta de confeti y había una rosa roja sobre las almohadas, una rosa del mismo color que las de su ramo de novia.

–Eso… me ha dado una idea –dijo Adam con voz suave.

Kerry casi no podía respirar. Tenía la sensación de que Adam iba a ser un amante muy imaginativo. La iba a llevar al límite del placer y…

–El confeti nos va a estorbar y también los globos –Adam, colocándose a su lado, le acarició el cuello con los labios–. Pero la rosa… Tengo planes para la rosa.

Kerry tembló de pies a cabeza. ¿Un amante imaginativo? Le estaba subestimando.

Le vio desatar los globos y después echar el confeti de la colcha a una papelera. A continuación, encendió la radio que había al lado de la cama.

–No puedo bailar al son de la música clásica.

–¿Bailar? –susurró ella.

–En Escocia, bailar en la noche de bodas es una tradición. Además, tú le contaste a mi madre que nos enamoramos cuando bailamos juntos en una fiesta y yo te besé –la mirada que le dedicó la enfebreció–. ¿Te parece que comprobemos si tenías razón? Voy a bailar contigo y luego voy a besarte.

Una promesa y una amenaza. Casi no podía respirar.

La música les envolvió.

–Sabía que la emisora local no me iba a decepcionar. Es la hora de la música sentimentaloide, pero apropiada para el momento.

Era una canción de Chris de Burgh sobre su dama de rojo. A ella tampoco le gustaba la canción, pero Adam tenía razón, ella iba vestida de rojo. Su vestido de novia era rojo. Y, en ese momento, era la mujer de Adam.

–¿Me concedes este baile, señora McRae?

–Voy a conservar mi apellido, no lo voy a cambiar –declaró Kerry alzando la barbilla.

–Lo que tú quieras –Adam le rodeó la cintura con un brazo–. Pero esta noche… esta noche eres la señora McRae.

Adam le colocó una mano en la base de la espalda y, con la otra, le cubrió las nalgas, atrayéndola hacia sí. ¿Qué podía hacer ella? Naturalmente, alzó los brazos, le rodeó el cuello y se movió con él al son de la música.

Adam bajó la cabeza y, con los labios, le acarició los hombros.

–Estás increíble con este vestido –Adam movió la cadera para que ella pudiera comprobar que hablaba en serio–. Tenía miedo de que alguno de los invitados te raptara.

Kerry suspiró.

–Te escondes en el laboratorio o detrás del ordenador, pero eres una mujer sumamente hermosa, Kerry McRae –le acarició el lóbulo de la oreja con los labios y ella sintió el calor de su aliento–. Y aunque este vestido es precioso, voy a… –más besos en el cuello– tener que…

Y entonces la besó. De verdad.

Fue un beso dulce, vacilante, que, de repente, se tornó explosivo. El deseo se apoderó de ella, el cuerpo entero le hervía. Le quemaba. Toda ella ardía en llamas.

Enterró los dedos en el cabello de Adam mientras él trataba de desabrocharle el vestido: tres diminutos botones en la espalda y luego la cremallera. Sintió frescor en la piel y el vestido cayó al suelo.

Adam dejó de besarla. Le puso las manos en los hombros y se la quedó mirando. Tenía el rostro enrojecido mientras paseaba la mirada por la ropa interior que hacía juego con el vestido de novia: un sujetador sin tirantes, bragas de encaje, medias color gris claro y una liga azul.

Vio que a Adam le temblaban las manos. También le tembló la voz al susurrar:

–No puedo creer lo que estoy viendo.

La deseaba. La deseaba tanto como ella a él.

Pero Adam estaba completamente vestido y ella en ropa interior.

–Demasiada ropa –susurró Kerry.

–Sí, y te la voy a quitar toda. Muy, muy despacio –respondió Adam con la voz enronquecida por el deseo, haciéndola temblar de placer.

–Me refería a ti –logró contestar Kerry.

Adam le dedicó una traviesa sonrisa.

–¿Qué vas a hacer al respecto?

¿Le estaba retando a desnudarle? Evidentemente, no la creía capaz de ello. Se iba a enterar.

Adam estaba delicioso con el traje, pero lo estaría aún más sin él.

Lo primero fue la chaqueta, al suelo, como su vestido. Después, la corbata. Le agarró la mano derecha y le desabrochó el botón del puño. Le subió la manga ligeramente y, con la punta de la lengua, le acarició la parte interior de la muñeca.

Le oyó respirar y sonrió para sí misma porque apenas había empezado. Cuando terminara, Adam iba a estar tan turbado como ella.

Hizo lo mismo con el otro puño, manteniéndole la mirada. Le desabrochó el botón del cuello de la camisa, y el siguiente, y el siguiente. Bajó la cabeza y le regó el pecho con besos mientras le desabrochaba el resto de los botones. Se puso de rodillas delante de él y le sacó las faldas de la camisa. Le acarició el ombligo con la lengua.

Adam le puso las manos en los brazos y sintió su temblor mientras le desabrochaba el cinturón. Adam continuaba temblando cuando ella le bajó, muy despacio, la cremallera de los pantalones. Le oyó respirar hondo al comenzar a bajárselos…

Cuando la levantó y la besó, Kerry supo que él estaba perdiendo el control.

–¡Cielos! –murmuró Adam cuando interrumpió el beso–. Me estás volviendo loco.

–Bien –respondió ella riendo.

–Me parece que lo voy a pasar muy bien –dijo él con la voz pastosa por la pasión–. Los dos lo vamos a pasar bien, querida, te lo prometo. Y siempre cumplo mis promesas.

Kerry le pasó las manos por los hombros.

–Mmmm.

Adam recorrió el borde de su sujetador con la yema de un dedo, lo deslizó por debajo del sujetador y los pezones se le hincharon. Quería que la tocara. Que la saboreara. Que la volviera loca.

Como si le hubiera leído el pensamiento, Adam sonrió.

–Ahora llevas más ropa que yo.

–¿Y qué vas a hacer al respecto?

–Voy a colgar tu vestido. Sal de él.

Kerry levantó un pie y después el otro. Él hizo lo mismo con los pantalones. Entonces, Adam agarró su traje y el vestido de ella.

–¿Te estás echando atrás? –le preguntó Kerry mientras le veía colgar la ropa cuidadosamente.

Adam se volvió hacia ella.

–No –Adam sonrió–. Estoy prolongando la espera –sus ojos ardían de pasión–. Al igual que tus fuegos artificiales, si todos estallaran al momento, el espectáculo duraría segundos. Así… el placer dura más.

¿Se iban a pasar la noche entera haciendo el amor?

–Y ahora… ¿dónde estábamos? –Adam la levantó en sus brazos y la llevó a la cama de dosel–. Antes que nada, quiero que sepas que al aparecer en la capilla me dejaste sin respiración. Me ha encantado tu vestido y tu peinado, pero lo que más me interesa es lo que hay debajo –Adam le soltó el cabello y se lo desparramó por

encima de las almohadas; entonces, se la quedó mirando–. Increíble. ¿Tienes idea de lo mucho que te deseo,
Kerry?

Sí. Porque los calzoncillos de Adam no dejaban
nada a la imaginación.

Y ese era el asunto. Para Adam, todo se reducía a
una cuestión de sexo. Extraordinario, increíble y espectacular, pero solo sexo. Mientras que aquello, para
ella, era mucho más. Muchísimo más.

Para ella era hacer el amor con el hombre al que
amaba.

El hombre que, desgraciadamente, no estaba enamorado de ella y no debía enterarse de lo que sentía
por él. No quería la compasión de Adam y tampoco
que se alejara de ella. Por eso, le dedicó la más sensual
de las sonrisas que pudo esbozar con la esperanza de
que Adam creyera que estaba jugando a lo mismo que
él. Que aquello no era serio. Que solo era por una noche.

Adam se humedeció los labios.

–Llevo soñando con este momento desde el día que
estábamos en el suelo cubiertos de pintura y te tenía
debajo de mí –le dijo Adam en voz baja y sensual–.
Perdóname, te había subestimado –Adam le acarició
los pechos y luego le puso una mano sobre el vientre–.
Eres preciosa, Kerry. Perfecta. Pero llevas demasiada
ropa, quiero verte desnuda.

Muy directo. Como no podía contestar nada a eso,
sonrió.

–Esto ahora me pertenece –dijo Adam, sonriente,
quitándole la liga–. Es la tradición.

Kerry apoyó la cabeza en la almohada y contuvo la

respiración mientras Adam le sacaba una media lentamente para luego levantarle el pie y besarle el tobillo. Adam continuó subiendo, acariciándole con la boca. Le lamió detrás de la rodilla, un punto erógeno desconocido para ella hasta ese momento. Y más arriba, por el muslo. Le acariciaba tanto con los labios como con el aliento.

Se sintió mojada y separó las piernas sin darse cuenta de lo que hacía. Pero quería que la tocara. Lo necesitaba.

Antes de volverse loca.

Al igual que le había hecho ella, Adam respiró por encima del tejido que le cubría el sexo. Y ella sintió el calor de su aliento.

Pero antes de darle tiempo a agarrarle la cabeza y pegárselo contra sí, Adam cambió de postura y empezó a encargarse de la otra pierna, quitándole la media como había hecho con la primera.

A Kerry le dieron ganas de lanzar un grito de frustración.

—La paciencia es una virtud —declaró Adam con solemnidad.

—¡Yo no soy virtuosa!

—¿Vas a decirme ahora que me he casado… —Adam le besó la pantorrilla—… con una mala— le lamió el tobillo—… chica?

—Sí —contestó ella al tiempo que se sentaba en la cama cuando él, por fin, le sacó la media.

—Me alegro —contestó Adam con un brillo malicioso en los ojos—. El problema es que vas ponerme muy difícil lo que quiero hacer ahora.

Con suavidad, la tumbó otra vez y le acarició el elástico de las bragas.

–¿Ya? –le preguntó Adam.

Si no lo hacía ya iba tener que llevarla a un manicomio. Nunca había deseado a un hombre como deseaba a Adam. Jamás.

–Ya –Kerry alzó las caderas.

Con los ojos fijos en los de ella, Adam le bajó las bragas de encaje con suma lentitud. Le sopló un beso y volvió a mirarla.

–Exquisita –dijo él con voz ronca–. ¿Por qué hemos perdido tanto tiempo?

Ella tampoco lo sabía. Pero Adam aún llevaba puestos los calzoncillos y ella ya no podía esperar más. Se sentó otra vez en la cama y puso los dedos en la cinturilla de los calzoncillos de Adam.

Se le secó la garganta al bajarle la prenda por los muslos y ver lo mucho que Adam la deseaba.

–Adam…

–Lo sé. Yo también –dijo él con voz suave. Y la ayudó a deshacerse de la prenda.

Entonces, con cuidado, la tumbó de nuevo, se arrodilló en la cama a su lado y agarró la rosa.

–Mi amor es como una rosa roja –comenzó a decir Adam acariciándole el pecho con la flor–, suave y dulce como tu piel –Adam le acarició los pezones con los pétalos de la rosa–. Oscura como tus pezones…

Kerry se estremeció y arqueó la espalda cuando él le acarició el vientre. ¿Adónde iba a…?

Lo descubrió al momento.

Adam le separó las piernas con una mano y, con la otra, le pasó la rosa por el sexo. Después, alzó la rosa para que pudiera ver los pétalos que ahora estaban mojados.

Y entonces… se pasó la rosa por los labios antes de lamerla.

–Dulce como la miel.

¿Cómo se le había ocurrido desafiarle? Adam era mucho más imaginativo que ella.

Pero cuando Adam dejó la rosa a un lado y se inclinó sobre ella, Kerry dejó de pensar.

Adam le cubrió un pezón con la boca, se lo mordisqueó suavemente, la hizo arquear el cuerpo hacia él y entonces le chupó el pezón.

Kerry temblaba cuando Adam hizo lo mismo con el otro pezón y después sopló por encima de ambos.

Si no la tocaba íntimamente en cuestión de medio segundo iba a volverse loca de remate.

Pero Adam no parecía tener prisa. Continuó acariciando y probando todos y cada uno de los centímetros de su piel. Se detuvo para acariciarle el ombligo con la lengua, igual que ella le había hecho. Se estaba vengando.

Kerry estaba impaciente por calmar la comezón de su entrepierna. Él continuó bajando un poco, un poco más… hasta que ella acabó agarrándole la cabeza y rogándole incoherentemente que utilizara la boca y la hiciera saltar al abismo.

–Adam… –apenas reconoció su propia voz–. Adam, por favor… Necesito…

Adam le cubrió el sexo con la boca, en el lugar en el que más lo necesitaba.

Kerry nunca había tenido un orgasmo tan fuerte ni con tanta rapidez.

Cuando cesaron los espasmos, Adam se alzó sobre ella y la besó.

–Todavía no he acabado. Apenas he empezado –Adam le dio un beso en la punta de la nariz, se levantó de la cama y se acercó adonde había colgado el traje.

Qué hombre más guapo, pensó Kerry. Adam tenía un cuerpo perfecto y sus movimientos eran exquisitos.

Un hombre perfectamente excitado, se corrigió a sí misma cuando Adam volvió a la cama con un condón en la mano. Se sentó al lado de ella y fue a ponerse el condón.

–Deja que lo haga yo –dijo Kerry apartándole la mano.

Kerry le acarició mientras le colocaba el condón.

–Kerry, voy a perder el control si sigues así –le advirtió Adam.

–Me alegro. Así te darás cuenta de lo que me ha pasado a mí. Me has vuelto loca.

–Y tú me vuelves loco con solo mirarte –le dijo él con voz sincera.

–En ese caso…

Kerry le empujó hasta tumbarle y se colocó encima de él. Se inclinó sobre Adam y, cuando sus cuerpos se unieron, sintió como si acabara de encontrar lo que le faltaba en la vida.

Con Adam se sentía completa.

Adam suspiró.

–Kerry, ¿tienes idea de lo que me haces sentir?

–Lo mismo que tú a mí –respondió ella con voz temblorosa–. No esperaba esto.

Los ojos azules de Adam se clavaron en los suyos.

–Imaginaba que lo íbamos a pasar bien, pero no hasta este punto –Adam le cubrió los pechos con las manos y le pellizcó los pezones–. Es… perfecto.

Entonces, Adam se incorporó hasta sentarse y se apoderó de uno de sus pezones mientras ella echaba la cabeza hacia atrás y enterraba los dedos en los cabellos de Adam.

¿Cómo podía excitarla otra vez con tanta rapidez? El deseo le corría por las venas, la tensión en aumento y, por fin…

–Kerry –jadeó Adam levantando la cabeza y agarrándola por los hombros.

Kerry se aferró a Adam y, mirándole fijamente, vio cómo se le enturbiaban los ojos al alcanzar el clímax medio segundo antes de que ella tuviera un segundo orgasmo.

El tiempo pareció detenerse. Adam apoyó la mejilla en la suya, abrazado a ella.

–En Escocia anochece muy pronto en esta época del año –dijo Adam con voz suave–. Mucho mejor para que hagamos lo que tengo pensado, porque nos va a llevar mucho, mucho tiempo.

Kerry sabía que no estaba alardeando. Era una promesa. Una promesa con la que iba a disfrutar inmensamente.

Capítulo Once

A la mañana siguiente, Adam se despertó sintiéndose más satisfecho que nunca. En una cama cálida y blanda con un cuerpo cálido y suave a su lado.

Su esposa.

Con cuidado para no despertar a Kerry, se incorporó ligeramente apoyándose en un codo. Estaba encantadora dormida.

Tenía ganas de acariciarle esa hermosa boca y despertarla con un beso. Qué locura. Habían pasado la mayor parte de la noche haciendo el amor y no se había saciado. Y después de acabar con los condones…

Sonrió al recordar lo que la preciosa boca de ella le había hecho.

Y luego, al tocarla, al penetrarla, había sentido algo que no había sentido jamás. Era algo más profundo que el deseo, que el sexo.

Era amor.

Pero no se atrevía a decírselo porque, de hacerlo, Kerry se distanciaría de él en cuestión de segundos. Después de lo que Kerry le había contado de sus padres, comprendía por qué no quería intimar con nadie.

A pesar de que él jamás la traicionaría porque Kerry Francis era la mujer con la que quería compartir su vida. El problema era que no sabía lo que Kerry sentía por él.

Se quedó contemplándola hasta que Kerry comenzó a despertar y la vio sonreír antes de abrir los ojos. Pero la sonrisa se desvaneció cuando se despertó completamente y se dio cuenta de dónde estaba.

–Buenos días –dijo ella con voz tranquila y fría.

–Buenos días –Adam le acarició la mejilla–. ¿Has dormido bien?

–Sí, gracias.

Adam sonrió.

–De todos modos, no hemos dormido mucho, ¿no te parece?

Kerry enrojeció visiblemente y se subió la sábana hasta el cuello. Teniendo en cuenta la intimidad compartida…

–Kerry, ¿a qué viene tanta timidez? –Adam entrelazó los dedos con los de ella–. Aunque admito que estás muy guapa sonrojada.

–Adam…

–Demasiado tarde para echarse atrás –dijo él con voz queda–. Lo de anoche ha ocurrido y no me arrepiento absolutamente de nada. Pronto volveremos a nuestra vida normal; pero, de momento, me encanta estar donde estamos, en este pequeño mundo que hemos creado, tú y yo en nuestra luna de miel.

Luna de miel.

–Kerry –Adam empezó a juguetear con su cabello–, ¿qué te apetece desayunar?

–Me… da igual.

De haber estado de pie en vez de tumbada, la sonrisa de Adam la habría hecho perder el equilibrio.

–Yo te desayunaría a ti primero, pero antes necesito hacer otra cosa –dijo Adam.

–¿Llamar al hospital para ver cómo está tu padre?

–Eso también –respondió Adam–. Pero no me refería a eso, sino a comprar...

Kerry sabía perfectamente a qué se refería Adam. La noche anterior se les habían acabado los condones y, al parecer, Adam tenía la intención de seguir en la cama con ella y continuar lo que habían empezado la noche anterior. Y se lamió los labios.

Adam volvió a tumbarse en la cama y la abrazó.

–En Escocia, la tradición es que los recién casados pasen una semana entera en la cama.

–Eso no puede ser verdad –pero el cuerpo entero la traicionó.

¿Y si pudieran hacerlo?

–Bueno, puede que haya exagerado un poco.

–Mucho.

Adam le acarició el hombro con los labios.

–Pero ¿no te parece una buena idea? Podríamos imponer una nueva tradición.

Una semana en la cama con Adam. Días y noches acariciándose, charlando, riendo y haciendo el amor. El paraíso.

–Solo tenemos esta suite reservada para una noche –comentó ella tras recuperar el sentido común–. Además, tenemos que volver mañana a Londres. Hemos reservado los vuelos. Los dos tenemos que trabajar el lunes.

En Londres volverían a llevar cada uno su vida, tal y como habían acordado. ¿Por qué la entristecía tanto la idea?

–Voy a ver si podemos tener esta habitación una noche más –le acarició los labios con los suyos–. Imaginemos que estamos de verdad en nuestra luna de miel, ¿te parece? Hoy podríamos dar un paseo, cenar juntos y luego volvería a cruzar el umbral de la puerta de la suite contigo en mis brazos.

Debería responder que no, pero el corazón se lo impedía.

–Sí.

Adam se levantó de la cama rápidamente y se vistió.

–Voy a pedir que nos traigan el desayuno. No te muevas de donde estás, enseguida vuelvo.

Adam tardó un rato en regresar y, cuando lo hizo, sujetaba una bandeja.

–Antes de que lo preguntes, he llamado a mi madre y me ha dicho que mi padre está bien. Nos han ordenado que lo pasemos bien y que vayamos a almorzar fuera –Adam sonrió–. Por supuesto, no les he dicho que tú todavía estabas en la cama y que ni siquiera habías desayunado.

–Nunca he estado en la cama a las once de la mañana. Nunca.

–Hoy es diferente, es nuestra luna de miel –Adam dejó la bandeja en la cama, se desnudó rápidamente y se metió en la cama.

–Su desayuno, señora McRae –Adam cortó un trozo de melocotón y se lo puso en la boca.

–Adam, puedo comer sola –protestó ella después de tragar la fruta.

–Lo sé –Adam le dio un beso–, pero me gusta darte de comer. Déjame hacerlo.

Al morder otro trozo de melocotón que Adam le dio, unas gotas le resbalaron por la garganta. Adam se las lamió. Ella echó la cabeza hacia atrás y el resto del desayuno se quedó en los platos, la pasión les hizo olvidarlo.

–El café se ha quedado frío –anunció Adam cuando, por fin, lo sirvió.

–Es culpa tuya –dijo Kerry.

–¡Y yo que tenía unos planes estupendos! Iba a convertirte en plato y a comer de ti.

Kerry se levantó de la cama y se estiró.

–Voy a darme una ducha. Sola.

–Aguafiestas –protestó Adam.

–De lo contrario, no saldremos de la habitación nunca.

–¿Y eso es un problema? –preguntó Adam.

–Eres tú quien quiere ver a tu padre y hacer turismo por la ciudad.

–Se me ocurren otras cosas –dijo Adam recostándose en las almohadas con una sonrisa indolente–. Pero bueno, te dejaré darte una ducha sola si me prometes darte otra conmigo esta noche.

¡Las imágenes que esas palabras conjuraron!

Kerry asintió y salió corriendo al cuarto de baño.

Se pasaron por el hospital y Donald y Moira les ordenaron irse y disfrutar. Adam la llevó a los lugares emblemáticos de Edimburgo, como el castillo y la avenida Royal Mile, en el casco antiguo de la ciudad.

–La próxima vez que vengamos a Edimburgo te llevaré a hacer la ruta de los fantasmas. Da casi miedo.

«La próxima vez». Pero no iba a haber una próxima vez.

Kerry apartó de la cabeza esos pensamientos. Ese día no. Ese día era para disfrutarlo con Adam, para vivir el momento y no pensar en el futuro.

Al empezar a anochecer, volvieron al hospital para ver a los padres de Adam.

—Estoy mejor solo con ver lo contentos que estáis, se os nota en la cara —dijo Donald—. Lo habéis pasado bien, ¿verdad?

—Muy, muy bien. Edimburgo es una ciudad preciosa —respondió Kerry.

—En un día no da tiempo a ver mucho. Y todavía no has estado en Inverness —dijo Moira—. La próxima vez tienes que venir a nuestro pueblo.

—Me encantaría —dijo Kerry. Aunque sabía que no iría nunca.

Aquella anoche, Adam y ella cenaron en un pequeño restaurante iluminado con velas. Volvieron al hotel caminando por las calles de la ciudad agarrados del brazo. Adam cruzó con ella en sus brazos el umbral de la puerta, la llevó a la cama y volvieron a hacer el amor. A la mañana siguiente, desayunaron el restaurante y Kerry se dio cuenta de que aquello era el principio del fin. Había pasado dos noches abrazada a Adam y eso era el tiempo máximo que a Adam le duraba una relación. Adam no iba a comprometerse con una mujer y menos con ella. No serviría de nada albergar falsas esperanzas.

***

Fueron a ver a Donald y a Moira y después al aeropuerto.

De vuelta a casa. A la vida real. A sus vidas separadas.

Kerry apenas habló durante el viaje. Él quería tomarle la mano, besársela y preguntarle qué le ocurría. Pero toda ella parecía gritar «no me toques». Desde el momento en que el avión había despegado, Kerry se había distanciado de él.

También guardó silencio durante el trayecto del tren y en el taxi.

Las dos noches pasadas habían sido increíbles y había pensado en preguntarle si quería pasar esa noche con él también. Poco a poco, día a día, hasta que Kerry confiara en él lo suficiente para que su matrimonio fuera auténtico.

Pero, al mirarla, se dio cuenta de que ella le rechazaría. Y si insistía, si presionaba a Kerry, ella le apartaría de su vida completamente. Por primera vez, iba a tomarse las cosas con calma.

–Supongo que tienes un montón de trabajo. Y yo voy a tener un día tremendo en el hospital mañana –dijo Adam en el descansillo–. Gracias por todo lo que me has ayudado. No sé qué hubiera hecho sin ti.

–De nada.

La expresión de Kerry era ilegible. ¿Estaba aliviada o decepcionada de que él no insistiera en estar con ella? Imposible saberlo.

–Bueno, hasta mañana –dijo Adam… y abrió la puerta de su casa.

***

Kerry se sentía sumamente desgraciada cuando entró en su casa. Era evidente que Adam no quería estar con ella, alegando, como excusa, el trabajo. Y a pesar de que habían pasado dos noches haciendo el amor, ahora, para despedirse, ni siquiera le había dado un beso.

¿Por qué demonios se había tenido que enamorar de Adam McRae y de su familia? ¿Cómo podía ser tan estúpida?

Envió un mensaje por el móvil a Trish para decirle que ya estaba de vuelta en Londres; después, encendió el ordenador para ver el correo electrónico.

Sonó el teléfono. Era Trish.

–Hola, Trish.

–¿Te pasa algo? –le preguntó su amiga inmediatamente.

No, solo tenía el corazón destrozado. Pero lo superaría.

–No, nada. Estoy trabajando.

–Mmm –murmuró Trish–. Pete ha revelado las fotos. Están bastante bien. Si quieres, podemos almorzar mañana juntas y te las doy.

–Gracias. Dime cuánto te debo por las fotos.

–Es un regalo de boda –respondió Trish.

Se citaron en el barrio chino al día siguiente y Kerry volvió a su trabajo. Pero tuvo que hacer un gran esfuerzo para concentrarse y apenas durmió esa noche, la cama era demasiado grande y estaba demasiado fría sin Adam.

Al día siguiente, tras reunirse con Trish en un restaurante del barrio chino y después de pedir la comida, su amiga sirvió el té en dos tacitas y le dio las fotos.

132

–Estás muy bien –dijo Kerry ojeándolas–. Si Pete no fuera un excelente músico podría dedicarse a la fotografía.

–Gracias. Se lo diré.

Fue entonces cuando Kerry descubrió una foto que le asustó, una foto en la que Adam y ella se miraban a los ojos. Lo que sentía por él se le veía claramente en la cara.

Le amaba.

Si Adam veía esa foto se daría cuenta. No podía correr ese riesgo. Agarró la foto, la separó de las demás y se la metió en el bolso.

–Puede que Adam quiera copias de algunas de las fotos para regalárselas a sus padres. ¿Algún problema?

–No, ninguno. Dinos cuáles quiere y haremos copias –Trish frunció el ceño–. Tienes un aspecto terrible.

–Estoy bien. Lo único que me pasa es que tengo hambre –mintió Kerry.

Capítulo Doce

Aquella tarde, Kerry agarró un sobre y escribió una nota en él:

Fotos del viernes, por si quieres elegir alguna para tus padres.

Metió las fotos en el sobre y lo echó al buzón de Adam.

No oyó ningún ruido en casa de él y se enfadó consigo misma por albergar falsas esperanzas. Pero aún se enfadó más cuando encontró el sobre con las fotos encima de su felpudo y una nota de él escrita a mano:

Gracias. He llamado a Trish, así no tienes que molestarte.

¿Por qué había sido tan estúpida de pensar que al ver las fotos Adam quizá se pasara por su casa? Conocía a Adam, dos noches con la misma chica era el máximo.

Lo que significaba que todo había acabado.

Y tenía el presentimiento de que también su amistad había llegado a su fin.

***

Adam vio que tenía un mensaje en el móvil y miró a ver de quién era.

Contuvo su desilusión al ver que no era de Kerry. No le extrañó, Kerry quería estar sola. Y él lo había estropeado todo al presionarla para que se acostaran. Kerry debía pensar que él era como su padre, con muchas novias e incapaz de comprometerse en serio con nadie. Debía resultarle imposible creer que él era diferente, que no iba a abandonarla, que realmente quería estar con ella.

Clavó los ojos en la pequeña pantalla del móvil. Trish. La mejor amiga de Kerry. Quizá pudiera decirle cómo estaba Kerry. Echó un vistazo al mensaje: *Ya están las fotos.*

Impulsivamente, en vez de responder con un mensaje, llamó a Trish.

–Hola –respondió Trish.

–Hola, Trish, soy Adam. Gracias por lo de las fotos. Dime, ¿cuánto te debo?

–Espera un momento, voy a ver el recibo.

Al cabo de unos segundos Trish le dijo lo que le debía.

–¿Cuándo te viene bien que vaya a recogerlas? ¿O prefieres dárselas a Kerry y que ella me las dé a mí?

–De hecho, me gustaría hablar contigo de Kerry –contestó Trish–. En estos momentos está trabajando mucho.

Para evitarle, pensó Adam. Eso ya lo sabía.

–En la boda te dije que si le hacías sufrir… –añadió Trish.

–Lo sé, lo sé –respondió Adam en tono reconciliador–. Sé lo que piensas de mí, pero te aseguro que

Kerry me importa mucho, mucho. Jamás le haría daño intencionadamente.

No iba a decirle a Trish lo que sentía por Kerry; entre otras cosas, porque ella jamás le creería. Pero, sobre todo, porque quería decírselo a Kerry personalmente, cuando estuviera seguro de que ella no iba a dar un salto y a salir corriendo.

—Bueno, respecto a las fotos…

Quedaron en verse a primera hora de la tarde del día siguiente, cuando él acabara su turno en el hospital.

Cuando Adam llegó al café donde había quedado, Trish ya estaba allí. Él le dio el dinero de las fotos y una caja de bombones.

—¿Por qué me das esto? —preguntó Trish con el ceño fruncido.

—Por haberte tomado la molestia de hacerme copias. A mis padres les van a encantar.

—Sí, seguro.

Adam suspiró, consciente del motivo de la frialdad de Trish con él.

—Está bien, lo reconozco, lo he estropeado todo. Me parece que Kerry no quiere hablar conmigo en estos momentos.

—Exacto —señaló Trish con voz gélida.

—¿Te ha contado algo? —preguntó él.

—¿Tú qué crees? —respondió Trish cruzándose de brazos.

—No lo sé. Si lo supiera no te lo preguntaría.

—Quizá deberías preguntárselo a ella —sugirió Trish.

Interesante. Eso significaba que Kerry no había hablado con Trish.

—Ya sabes cómo es Kerry, muy reservada —Adam

volvió a suspirar–. Y sé, igual que tú lo sabes, que es por su familia.

Trish le miró fijamente.

–Hablaba en serio cuando te dije que si le hacías daño…

Adam le dedicó una triste sonrisa.

–Y yo también hablaba en serio cuando te dije que Kerry me importa y mucho –no le importaba, la amaba. Quizá por eso no sabía qué hacer–. Yo no soy como su padre y no voy a hacerle lo mismo que él le hizo, a pesar de lo que puedas pensar de mí.

Trish asintió.

–Eso se lo deberías decir a ella.

–Sí, tienes razón.

Quizá había esperado demasiado. Quizá había llegado el momento de actuar.

Al volver a su casa vio que las luces de la casa de Kerry estaban apagadas, supuso que estaría en el laboratorio. Probablemente volvería a su casa tarde, cansada y sin ganas de cocinar. A lo mejor…

Abrió la puerta y se encontró un montón de sobres en el suelo. Propaganda. Pero uno de los sobres le pareció justo lo que necesitaba; además, era rojo y a Kerry no se le escaparía.

Agarró un bolígrafo y escribió una nota en el sobre: *Ven a cenar esta noche cuando vuelvas. Adam.*

Después de echar el sobre al buzón de Kerry, se fue a la cocina y preparó café.

Al echar un vistazo a las fotos otra vez, vio una que le hizo tragar saliva. Esa foto no había estado en el grupo que le había pasado Kerry; de haberla visto antes, se acordaría. Era una foto de los dos, mirándose, y resultaba evidente que él estaba enamorado de ella, lo tenía escrito en la cara.

¿Por qué Kerry había apartado esa foto y no había querido que la viera?

Solo se le ocurría una razón que lo explicara: Kerry debía haberse dado cuenta de que él estaba enamorado de ella y, a su vez, ella no le correspondía. Por lo tanto, su luna de miel en Edimburgo había sido una aberración. Kerry sentía pena por él. Había querido ayudarle, pero había ido demasiado lejos, por eso quería mantener las distancias, no quería estar casada con él de verdad.

El problema era que él sí quería.

Con seriedad, agarró un sobre, escribió la dirección de sus padres en él y metió las fotos, aparte de la que se había guardado por evidenciar sus sentimientos.

Kerry agarró el correo. Publicidad, publicidad, lo que parecía ser la carta de un cliente, publicidad, una carta del banco, publicidad... Un sobre rojo la puso furiosa... ¡Si quería una nueva tarjeta de crédito la solicitaría! Con los dientes apretados, echó la publicidad a la basura. Después, se dirigió directamente al escritorio, dejó a un lado la carta del banco y abrió la que parecía ser de un cliente.

Pero no se trataba de un cliente, sino de un cazatalentos:

Uno de mis clientes ha quedado impresionado con sus últimos espectáculos... t

Trabajar en el cine... funciones... carta blanca...

Trabajaría en el cine y también montaría espectáculos para estrellas de cine y fiestas de los estudios. Y le darían carta blanca. Probablemente, dispondría también de un gran presupuesto. Y le subvencionarían para que desarrollara sus fuegos artificiales verde mar.

Un sueño.

El problema era que los sueños solían desvanecerse. Como le había ocurrido con Adam. Adam ni siquiera se había molestado en ponerse en contacto con ella tras volver de Edimburgo. Era evidente que no la quería en su vida, que no quería estar casado con ella de verdad.

La oferta de trabajo era tentadora. Haría lo que quería, lo que le gustaba hacer. Tendría la seguridad de un trabajo fijo. Y, lo mejor de todo, estaría lejos de Adam.

Kerry debía haber visto su nota ya, pensó Adam. La había escrito en un enorme sobre rojo.

El hecho de que Kerry no hubiera respondido le dejó muy clara la situación. Kerry no quería saber nada de él. O quizá pensara que solo la había invitado a cenar para acostarse con ella después.

Por supuesto que quería acostarse con ella, pero era mucho más que eso. Quería estar con ella. Quería la compañía de Kerry. Le gustaba estar con la tranquila científica que vivía debajo de él, la mujer que le hacía ver fuegos artificiales con los ojos cerrados.

No, no solo le gustaba, estaba enamorado de ella. La amaba. Y quería que ella le amara a su vez.

Al parecer, estaba pasando por una racha de mala suerte.

Le sonó el móvil, indicándole que tenía un mensaje. Era de Adam. Hacía ya una semana que no le veía.

Kerry no contestó al mensaje.

El teléfono sonó diez minutos después. Dejó que sonara y se disparara el contestador automático.

–Kerry, soy Adam. Sé que estás ahí porque puedo oír la música que tienes puesta –se oyó una pausa–. Si no contestas voy a bajar.

Con un suspiro, Kerry descolgó el auricular.

–Hola. ¿Qué quieres?

–Te echo de menos.

No tanto como ella a él, eso seguro. ¿Y por qué la voz de Adam la envolvió como una caricia? Lo único que ella quería era borrar del recuerdo la sensación de esos brazos rodeándola.

–Ah.

–Sube a cenar –dijo Adam.

–Estoy trabajando.

–Y yo estoy preocupado por ti. Y te echo de menos –repitió Adam.

Quizá la echara de menos, pero no como ella quería que la echara de menos.

–La última vez que te invité a cenar ni siquiera respondiste.

–¿Qué? ¿Cuándo?

–Hace unos días. Te escribí una nota en un sobre grande y rojo. Imposible que no lo vieras.

Lo recordaba. Y también que, sin mirarlo apenas, lo había echado directamente a la basura.

–No vi la nota.

–Vale, da igual. Sube a cenar conmigo esta noche.

No sabía si lograría acabar la cena sin arrojarse a los brazos de Adam y suplicarle que volviera a acostarse con ella. Pero…

–Está bien, subiré a cenar.

–Sube dentro de media hora.

–Ahí estaré.

Kerry colgó y reanudó el trabajo. A la media hora subió a casa de Adam y este la hizo pasar al cuarto de estar, aunque había preparado la mesa de la cocina para la cena, con velas incluidas.

–Vino –dijo Adam dándole una copa.

–Gracias.

–A mis padres les han encantado las fotos. Por cierto, me han pedido que vayamos a pasar la Nochevieja a Inverness.

–Lo siento, imposible –respondió Kerry sacudiendo la cabeza–. En realidad… quería hablar contigo de un asunto.

–¿Qué asunto?

–Nuestro divorcio. Quedamos en que si alguno de los dos necesitaba divorciarse el otro no pondría ningún impedimento.

–¿Estás saliendo con alguien? –preguntó Adam con expresión inescrutable.

¿Tan superficial la consideraba? Kerry volvió a negar con la cabeza.

–Me han ofrecido un trabajo y me marcho de aquí.

Adam frunció el ceño.

–Creía que te gustaba trabajar para ti misma.

–Así es, pero se trata de una gran oportunidad. Voy

a trabajar para una productora cinematográfica en Los Ángeles. Quieren que dirija un departamento de pirotecnia, que prepare a gente y que diseñe espectáculos de fuegos artificiales para películas y fiestas.

–Y… ¿es eso lo que quieres hacer?

No. Lo que ella quería era estar con él, pero Adam no la amaba. Por eso se marchaba. De momento, si no podía vender el piso, lo alquilaría y comenzaría una nueva vida en Estados Unidos.

–Sí –Kerry alzó la barbilla–. Voy a irme a primeros de año. Así que… te agradecería que iniciaras el proceso de divorcio lo antes posible.

Kerry se marchaba a América. Iba a comenzar una nueva vida… sin él.

No. Se le echaría el mundo encima. Hacía dos semanas que no hablaban y ella le había evitado, pero sabía que estaba ahí, que Kerry estaba cerca. Pero ahora… todo iba a ser diferente. Kerry se marchaba y a él se le agotaba el tiempo.

–Kerry, yo… –te quiero y no quiero que te vayas, pensó Adam.

Pero no lo dijo. Si le decía eso Kerry saldría corriendo y tomaría el primer avión.

–Has dicho que te marchas a primeros de año. En ese caso, ¿no podrías pasar la Nochevieja en Inverness.

Kerry le clavó sus ojos verdes. Se la veía cansada y confusa. Quería besarla.

–Por favor –insistió Adam con voz suave–. Significaría mucho para… mis padres. Para mi familia.

–¿Quieres que vaya como… tu esposa?

«Sí».

–Como amiga –«como el amor de mi vida»–. Como lo que tú quieras. Pero ven a Escocia a pasar la Nochevieja. Por favor.

Kerry guardó silencio. Después, suspiró.

–Está bien, iré a pasar la Nochevieja con vosotros.

–Gracias –respondió Adam, resistiendo el impulso de gritar victoria.

Aprovecharía la ocasión para revelarle lo que sentía por ella.

Capítulo Trece

El teléfono sonó. Kerry descolgó el auricular.

–Hola. ¿Tienes planes para mañana? –le preguntó Adam.

–No.

Navidad. Tris y Pete le habían invitado a pasar el día con ellos, pero ella no estaba de humor para socializar; sobre todo, con parejas felices.

–¿Por qué no lo celebramos juntos? –preguntó Adam–. Tengo trabajo en el hospital por la mañana, pero luego podría preparar algo. ¿Qué te parece salmón a la plancha, verdura al vapor y *cranachan*?

–¿Qué es *cranachan*?

–Un postre escocés a base de cebada, nata, miel, fresas y whisky. Te encantará.

A Kerry le resultó imposible rechazar la invitación.

–De acuerdo.

–En ese caso, de nueve a nueve y cuarto en mi casa mañana. Y como es Navidad, voy a ser generoso y te dejaré elegir la música.

–Te lo recordaré.

–A las nueve y cuarto como muy tarde –le recordó él–. No te retrases.

***

144

Adam tenía un árbol de Navidad en el cuarto de estar, olía a pino.

–Te he traído esto –Kerry le dio una botella de *margaux*.

–Estupendo. Muchas gracias.

Adam la hizo pasar a la cocina. Allí sacó una botella del frigorífico, la descorchó, sirvió dos copas y le dio una.

–Feliz Navidad.

–¿Champán?

–No se puede beber vino tinto con salmón ahumado. Bueno, tú sí podrías –se corrigió Adam–, pero esto le va mejor.

Kerry no era aficionada al vino blanco; pero, después de un sorbo, se quedó agradablemente sorprendida.

–La verdad es que está muy bueno.

–Yo jamás te daría un champán malo –comentó Adam mirándola fijamente a los ojos.

–Feliz Navidad –repitió ella al tiempo que le daba un paquete envuelto en papel de regalo.

Había tardado un siglo en elegir el regalo.

–Gracias. ¿Puedo abrirlo ya?

–Si quieres…

Adam desenvolvió el paquete y pareció encantado con lo que vio.

–Muy, muy bonito. Un reloj de marca. Gracias.

Sintió una gran desilusión al ver que Adam no la abrazaba; en el pasado, lo habría hecho.

–Feliz Navidad para ti también –repitió Adam entregándole un pequeño estuche.

Kerry lo abrió y parpadeó al ver el colgante.

–¡El zafiro estrella! –de la joyería donde había comprado el anillo de compromiso.

–Sé que te gustó nada más verlo. Si mueves la piedra verás que aparece una estrella de seis puntos.

Sobrecogida, Kerry siguió la sugerencia de Adam.

–La estrella se mueve según mueves la piedra. Es precioso. Gracias.

–Deja que te lo ponga.

Sintió un cosquilleo en todo el cuerpo cuando los dedos de Adam le rozaron el cuello. Se alegró de estar de espaldas a él; de lo contrario, Adam vería en su rostro lo que sentía por él y no podría soportar su compasión.

–Gracias –repitió ella con voz queda.

–Bueno, ahora vamos a comer. Me muero de hambre –dijo Adam.

–Me dijiste que trajera música –Kerry le dio un par de CD–. Es música de Navidad.

–Yo también tengo música navideña.

Una recopilación de canciones, sin duda. La clase de música que ella no soportaba.

–Confía en mí, esto es… mejor.

Adam lanzó una carcajada.

–¿Insinúas que no tengo gusto?

–Es posible –bromeó ella.

¿Estaban volviendo a su antigua relación? ¿Cabía la posibilidad de que recuperaran su amistad?

Quizás. Siempre y cuando ella dejara de pensar en lo que había sentido en los brazos de Adam, en sus besos, en hacer el amor…

Adam puso un CD.

–Siéntate. Traeré aquí la cena.

Comieron el salmón y la ensalada. Y, justo cuando iba a probar el *cranachan*, sonó su villancico preferido.

–Esto sí me gusta –anunció Adam con expresión de sorpresa–. ¿Esta música de Navidad también es medieval?

–La letra es de la época victoriana –respondió Kerry–, pero la música está basada en un villancico de Breton –Kerry metió la cuchara en el cuenco y se la llevó a la boca–. Esto es exquisito. ¿Cebada, miel, nata y whisky?

–Sí. La receta es de mi abuela. Esta mañana, antes de ir al trabajo, tosté la cebada.

–Está buenísimo.

–Me alegro de que te guste –Adam le sonrió.

Le resultaba extraño estar con Adam ahí, en su casa, acompañados por música navideña y con solo las luces del árbol de iluminación.

Deseó que aquello fuera real, una romántica Navidad con su marido, los dos solos delante del árbol. Pero no era así, Adam solo era su esposo en los papeles y ella se iba a marchar muy lejos.

Su rostro debió revelar la tensión que sentía porque Adam le quitó el cuenco con el postre y lo dejó en el suelo.

–Date la vuelta –le dijo él.

–¿Qué?

–Que te des la vuelta. Estás tensa. Tienes que relajar los músculos.

Kerry se volvió y cerró los ojos. Mientras Adam le masajeaba la nuca y los hombros, ella fue incapaz de no echarse atrás ligeramente, anhelando sus caricias.

Las manos de Adam se detuvieron unos momentos

147

y, poco a poco, comenzaron a bajarle por la espalda. Debajo de la camisa. En el vientre. A la espera de una respuesta.

Kerry echó la cabeza atrás y la apoyó en el hombro de Adam. Lentamente, Adam subió las manos hasta cubrirle los pechos.

–Kerry –susurró él–. Dime que pare si quieres.

No podía.

Adam le acarició la nuca con los labios mientras le pellizcaba los pezones con los dedos.

–Me encanta tu olor –dijo él con voz suave–. No el perfume que llevas, sino el olor de tu piel. Es suave y dulce… y me vuelve loco.

Igual que él a ella.

Consciente de que se estaba engañando a sí misma, que aquello solo serviría para prolongar la agonía, se dio la vuelta, le puso las manos en el rostro y le besó.

Fue como si arrimaran una llama a un papel.

Cuando quiso darse cuenta, estaba tumbada en el sofá y Adam encima de ella. A la luz de las diminutas bombillas del árbol vio puro deseo en el rostro de Adam.

Adam cambió de postura ligeramente para desabrocharle el botón del cuello de la camisa. Continuó y, con cada botón, le acarició la piel con los dedos.

–Tan suave… tan dulce… –y volvió a besarla.

Sin saber cómo, acabaron en el suelo. Adam tumbado de espaldas y ella sentada encima. La camisa estaba… en alguna parte.

–Ahora me toca a mí –dijo Kerry mirándole a los ojos.

Le desabrochó la camisa poco a poco, acariciándole

el pecho mientras lo hacía. Adam era suyo, todo suyo, por última vez.

Se agachó para besarle la garganta. Después, depositó diminutos besos en todo el cuerpo de Adam. Un cuerpo perfecto. Demasiado hermoso para ser verdad, pensó.

Y esa noche era suyo.

–Kerry, quiero… verte. Quiero tocarte. Por favor –dijo él con voz ronca.

Sí, sabía lo que Adam sentía. A ella le ocurría lo mismo.

Con un pequeño movimiento, Adam le desabrochó el sujetador. La prenda cayó al suelo y sus pechos llenaron las manos de Adam.

–¡Qué hermosura! –susurró él al tiempo que se incorporaba para meterse un pezón en la boca. Y lo chupó.

Kerry jadeó y enterró los dedos en los cabellos de Adam, presionándole, instándole a que continuara.

–Sí… –susurró ella cuando Adam le puso las manos en la cinturilla de los pantalones.

En parte, quería que Adam se diera prisa, que le arrancara la ropa y la penetrara. Pero, al mismo tiempo, quería ir despacio y memorizar cada momento que estaba por llegar. Sabía que nunca habría otro hombre para ella, Adam McRae sería el único.

Le ayudó a bajarle los pantalones.

–Más –susurró Kerry–. Quiero más.

La mano de Adam le cubrió el sexo por encima del encaje de las bragas. La frotó y la acarició, pero seguía sin ser suficiente. Le agarró la mano y se la deslizó por debajo del encaje.

Adam respiró hondo.

—Kerry. Estás…

Caliente. Mojada. Como si le deseara tanto como él a ella.

Apenas le llevó unos segundos quitarse los vaqueros, agarrar la cartera de uno de sus bolsillos y sacar un preservativo.

Y por fin, menos mal, estaba donde quería estar. Su regalo de Navidad. Tumbado en el suelo al lado del árbol, con su esposa encima.

Se adentró en ella y se le nubló la vista. No sabía si veía estrellas o eran las luces del árbol. Solo era consciente del calor de Kerry, de su humedad, de los dedos de ella en sus cabellos, de la urgencia y la tensión, de la trabajosa respiración de ambos, del ritmo cada vez más rápido de sus movimientos, de un nudo dentro de sí cada vez más fuerte, más apretado… hasta que se soltó. También fue consciente del grito de Kerry, de su abrazo, de que no quería soltarla nunca, nunca.

Pasó mucho tiempo hasta que volvieron en sí. Adam vio que Kerry tenía la piel erizada. Tenía frío. Fue a abrazarla con fuerza para darle calor con su cuerpo.

Pero ella se resistió.

—Debería irme.

—¿Por qué?

—Mañana… tienes que ir a trabajar al hospital.

—Mañana será otro día —Adam le apartó un mechón de cabello de la frente—. No te vayas. Quédate conmigo esta noche.

Vio deseo en el rostro de ella. Después, la vio abrir la boca para hablar.

Pero no le dio la oportunidad de decir que no. La besó.

No con dureza y pasión, sino con suavidad y dulzura. Al instante, ella le devolvió beso por beso, caricia por caricia. Y Kerry no protestó cuando él se puso en pie, la tomó en sus brazos y la llevó a su habitación.

Kerry se despertó muy temprano. Adam todavía dormía.

Una profunda tristeza la embargaba. Qué fácil despertarle con un beso y dejar que la llama de la pasión les condujera al paraíso una vez más.

Pero eso haría más difícil la despedida. Y ella se negaba a rogar, se negaba a suplicarle que cambiara su estilo de vida por ella y que le permitiera ser el amor de su vida.

Por tanto, se levantó de la cama sigilosamente, sin despertarle. Cerró la puerta tras sí. Recogió la ropa desperdigada por el cuarto de estar y se vistió. Escribió una nota diciendo que tenía que marcharse y la dejó al lado de la cafetera.

Después, salió de la casa de Adam.

Capítulo Catorce

Kerry tenía la excusa perfecta para evitar a Adam antes de Nochevieja, el diseño de sus espectáculos de fuegos artificiales antes de las festividades navideñas la tenían muy ocupada.

Por fin llegó el momento de irse a Escocia con Adam. Durante el trayecto en coche a Inverness, con Adam al volante, se sintió más y más triste.

–¿Estás bien? –le preguntó Adam al entrar en el pueblo.

–Sí, estoy bien –mintió ella.

Moira les abrazó efusivamente y era evidente que se había tomado muchas molestias: la casa de la granja de la familia olía a pan y pasteles hechos al horno y, en la encimera de la cocina, había todo tipo de dulces típicos escoceses.

Pronto empezaron a llegar visitas. Gente que quería conocer a la novia del chico con fama de que nunca sentaría la cabeza.

–Sé que, después del viaje y todo lo demás, debes estar cansada –le dijo Moira después de la cena–, pero siempre vamos a ver los fuegos artificiales del pueblo el día de Nochevieja. He sacado entradas para nosotros cuatro.

–Me encantará verlos –dijo Kerry–. Además, me gusta ver lo que otros profesionales hacen.

El acontecimiento tenía lugar en el campo de rugby local, y parecía que la mitad de la gente de los pueblos colindantes estaba allí también. Un sinfín de personas fueron a felicitarles por su matrimonio y casi le dolían los músculos de tanto sonreír.

—Me duele un poco la cabeza —le dijo a Adam en voz baja—. ¿Crees que alguien se ofendería si me marchara a casa de tus padres a descansar?

—Los fuegos no durarán mucho, apenas un cuarto de hora —respondió Adam—. En cuanto acaben, si quieres, te llevaré yo a casa de mis padres. Pero, por favor, quédate.

Kerry accedió y, adoptando una actitud profesional, contempló el espectáculo. La mezcla de colores y efectos era buena y los espectadores parecían cautivados.

Le sorprendió no ver la rueda de Catherine. Una pena, le gustaba mucho.

Justo en el momento en que creía que el espectáculo había terminado, Adam se colocó a sus espaldas, le rodeó la cintura y la atrajo hacia sí.

—Eso es lo que quería que vieras —dijo él—. El broche final.

¿El broche final? ¿No había acabado ya el espectáculo de pirotecnia?

Fue entonces cuando lo vio, al fondo del campo de rugby. Las ruedas de Catherine… con un mensaje: una A, un corazón y una K.

Kerry parpadeó. Volvió a mirar los fuegos. Ahí estaba, no lo había imaginado: una A, un corazón y una K.

Adam ama a Kerry.

—¿Se refiere a…? —comenzó a decir ella con voz temblorosa—. ¿Lo han organizado tus padres?

–No. Lo he organizado yo –respondió Adam.

Debía haberlo hecho por sus padres. Lo comprendía.

Adam, en ese momento, cerró con más fuerza los brazos alrededor de su cuerpo.

–No sabía cómo decírtelo –le susurró al oído–. Se me ocurrió que así no se te escaparía el mensaje.

Le estaba diciendo que la quería… con fuegos artificiales. Unos fuegos que parecían estallar dentro de su cuerpo en ese momento.

–Te amo, Kerry –dijo Adam–. Creo que te quiero desde hace mucho, pero me daba miedo reconocer que necesitaba a una mujer en mi vida, que quería sentar la cabeza –Adam le acarició el oído con los labios–. Que quería una persona en particular. A ti.

Kerry se dio media vuelta, de cara a él.

–Me quieres –dijo ella casi sin poder creerlo.

–Con todo mi corazón –respondió Adam–. Sé que nuestro matrimonio puede salir bien, que saldrá bien… porque te quiero.

¿Podía correr el riesgo de creerle?

Fue entonces cuando se acordó…

–Adam, he firmado un contrato. Mi nuevo trabajo. Tengo que irme a Los Ángeles.

–No es para toda la vida –dijo Adam encogiéndose de hombros–, solo por un tiempo. Yo podría tomarme un año sabático e ir contigo. Y si resulta que es el sueño de tu vida, podría buscar trabajo en un hospital allí. De una forma u otra, lo arreglaríamos. Lo importante es que estemos juntos –Adam hizo una pausa–. Bueno, eso sí… tú me quieres a mí también.

¿Necesitaba preguntárselo?

–¿Es que no lo sabes?

Adam negó con la cabeza.

–Cuando Trish me dio las fotos, vi una que no me habías enseñado, la foto en la que nos estamos mirando y se ve claramente que estoy enamorado de ti. Creía que la habías apartado porque te diste cuenta de lo que sentía por ti y a ti no te ocurría lo mismo.

–Más bien, en la foto, se veía que la que estaba enamorada de ti era yo. Y como creía que tú no me querías, la aparté para no ponerme en evidencia –respondió ella.

–No puedo creer lo idiotas que hemos sido –declaró Adam–. ¡Todo el tiempo que hemos perdido cuando podríamos haber…!

Kerry le selló los labios con un dedo.

–No es tiempo perdido, quizá no estábamos preparados para reconocerlo. Nos costaba confiar el uno en el otro, sentirnos vulnerables.

–Sí, tienes razón –Adam respiró hondo–. Pero desde hace mucho sé que la persona en la que más confío en el mundo eres tú, nadie más –Adam bajó la cabeza y le acarició los labios con los suyos–. Y yo solo puedo amar a alguien en quien confíe plenamente. Te quiero, Kerry, y confío en ti.

–Corazón de mi corazón –declaró Kerry con voz suave–. Te amo, Adam.

Adam la abrazó con fuerza.

–Hoy es fin de año –dijo él–. Es el fin de lo viejo y el comienzo de algo nuevo. El comienzo de nuestro matrimonio. A partir de hoy, te despertarás todos los días sabiendo que te quiero.

–Que nos queremos –le corrigió ella con voz queda.

Las ruedas de Catherine seguían iluminando el cielo.

–Los fuegos se apagarán –dijo Adam–, pero nuestro amor no se apagará nunca. E incluso aunque estemos separados, te seguiré queriendo.

–Y yo a ti.

Kerry sabía que, por fin, había encontrado lo que había estado buscando. El hombre que la comprendía. El hombre que la amaba. El hombre que se lo había dicho con fuegos artificiales.

IDILIO EN EL BOSQUE

JANICE MAYNARD

Hacer negocios todo el tiempo era el lema del multimillonario Leo Cavallo. Por eso, dos meses de tranquilidad forzosa no era precisamente la idea que tenía de lo que debía ser una bonificación navideña. Entonces conoció a la irresistible Phoebe Kemper, y una tormenta los obligó a compartir cabaña en la montaña. De repente, esas vacaciones le parecieron a Leo mucho más atractivas.

Pero la hermosa Phoebe no vivía sola, sino con un bebé, su sobrino, al que estaba cuidando de forma temporal. Y a Leo, sorprendentemente, le atrajo mucho jugar a ser una familia durante cierto tiempo.

Se refugiaron el uno en el otro

Bianca

¡El deseo que sentía era una amenaza para sus planes!

Flynn Marshall, magnate hecho a sí mismo, tenía tres objetivos:

1) Un imperio comercial multimillonario

2) Ser aceptado en las más altas esferas sociales

3) ¡Una esposa que lo convirtiera en la envidia de todos los hombres!

Flynn había cumplido con su primer objetivo y estaba en camino de conseguir el segundo. Con respecto al tercero, iba a llevar a la bella y bien relacionada Ava Cavendish al altar en cuanto pudiera. Una mujer florero era lo que necesitaba para cumplir sus planes, pero la apasionada Ava y el deseo que esta le hacía sentir amenazaban con echar abajo una estrategia cuidadosamente planeada…

Matrimonio por ambición

Annie West

MÁS CERCA

KRISTI GOLD

Hannah Armstrong se llevó la sorpresa de su vida cuando recibió la visita de Logan Whittaker, un apuesto abogado. Al parecer, había heredado una fortuna de la familia Lassiter, pero ella nunca había conocido a su padre biológico, y Logan le propuso ayudarla a descubrir la verdad acerca de su procedencia.

Logan estaba deseando pasar de los negocios al placer. Pero Hannah ya tenía bastantes secretos de familia, y el traumático pasado de Logan también podía empeorar las cosas a medida que la temperatura iba subiendo entre ellos.

Un apuesto abogado, una herencia millonaria

¡YA EN TU PUNTO DE VENTA!